2 Te propone metas para saber para qué aprendes

Al inicio de cada grupo de unidades, sabrás qué vas a realizar al final para poner en práctica lo aprendido y colaborar a mejorar nuestro mundo. Estas actividades se llaman en tu libro **Mejora tu...** Son tareas de **aprendizaje-servicio**.

Al comienzo de cada unidad conocerás lo que vas a aprender sobre cada tema en la **ruta de aprendizaje**.

3 Facilita la comprensión de lo que lees y lo que haces

Sabemos que aprendes de muchas maneras diferentes. Por eso, en este libro encontrarás actividades de comprensión lectora, talleres y actividades interactivas en **smMasSavia**.com. Son actividades que te harán pensar.

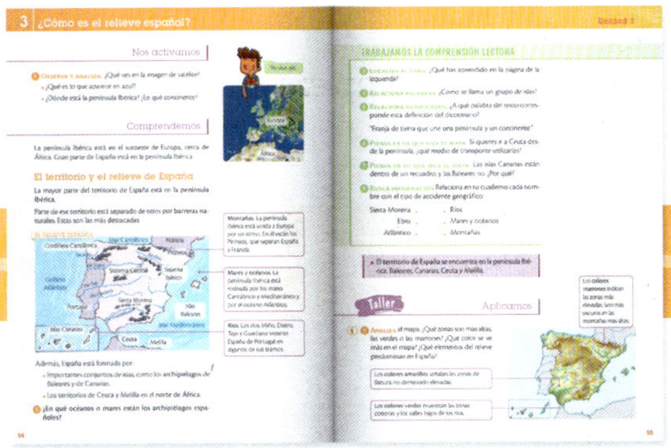

6 Te ayuda a saber cómo has aprendido

Al final de cada unidad y de la tarea de aprendizaje-servicio, podrás reflexionar sobre:

- Qué has aprendido y cómo has aprendido mejor.
- Con quién has aprendido y cómo te has sentido.

A esto le llamamos **metacognición**. Sirve para que poco a poco te conozcas y cada vez puedas aprender mejor.

Índice

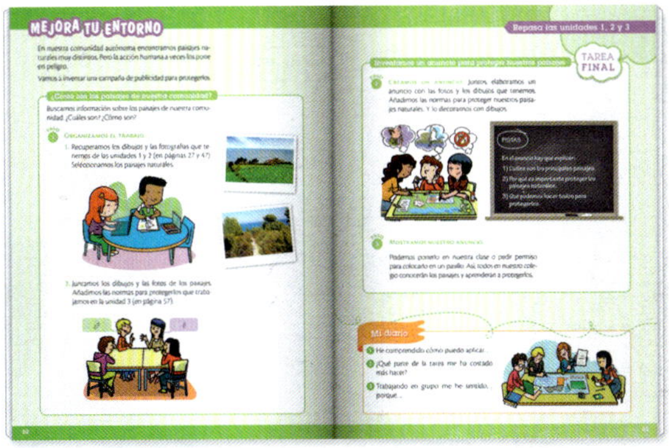

MEJORA TU ENTORNO
TAREA FINAL

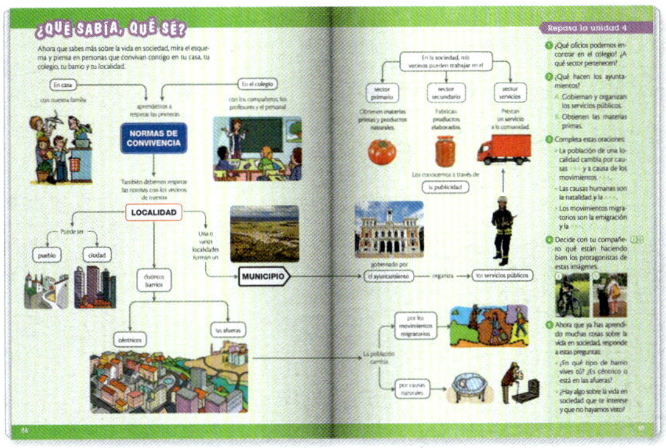

¿QUÉ SABÍA, QUÉ SÉ?
NORMAS DE CONVIVENCIA
LOCALIDAD
MUNICIPIO

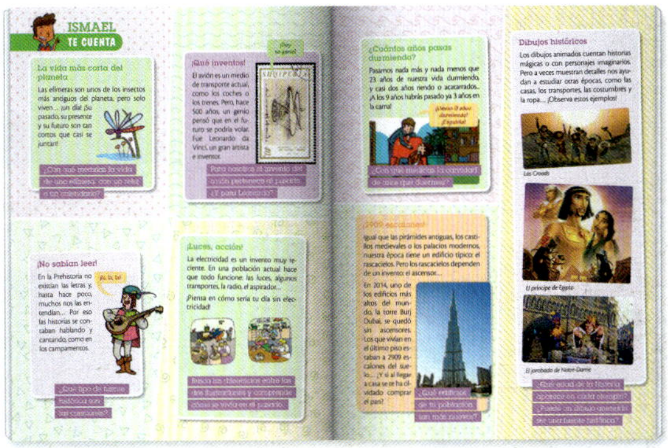

ISMAEL TE CUENTA

El mundo en que vivimos

1 Observa y piensa

Observa este paisaje de la Luna. ¿Hay agua? ¿Y aire? ¿Qué le falta para ser como la Tierra?

2 ¡Sabes más de lo que crees!

Observa el paisaje de costa de la fotografía.

- ¿Qué elementos ves en el cielo? ¿Y en la tierra? ¿Qué hay en el mar? Compáralo con el paisaje lunar.
- Ordena las cosas que se ven en dos listas:

En una lista anota todo lo que es natural.

En otra lista escribe lo que es artificial, es decir, hecho por personas.

3 Sigue haciéndote preguntas

- ¿Qué tiempo hace en la imagen? ¿Crees que va a llover? ¿Por qué?
- ¿En qué estación del año crees que están? ¿Por qué?
- ¿Te gustaría estar en ese lugar? ¿Por qué?
- ¿Qué más te gustaría saber sobre el cielo o el mar?

Ciencias Sociales

3 primaria

más Savia

Con más Savia puedes disfrutar de recursos digitales y de un entorno donde estarás en contacto con tu profesor y con tus compañeros de clase.

Entrar en smmassavia.com es fácil

Escribe en internet la siguiente dirección: smmassavia.com

Regístrate e introduce el **número de licencia** que aparece en la página de la izquierda. Solo debes registrarte una vez.

Anota tu identificador y contraseña para que puedas entrar después de haberte registrado.

Si tienes alguna duda, puedes ponerte en contacto con nuestro Centro Integral de Atención al Cliente (CIAC).

ATENCIÓN AL CLIENTE
TEL.: 902 12 13 23 / 912 080 403
clientes@grupo-sm.com
www.grupo-sm.com

sm

Así aprendes con tu libro

1 Tu libro agrupa las unidades que tienen contenidos comunes

De esta manera puedes conectar, por ejemplo, cómo es la Tierra en el Universo y cómo son sus paisajes.

Con estas primeras actividades vas a sentir curiosidad por estos temas. Vas a darte cuenta de las cosas que ya sabes sobre ellos y de todo lo que te gustaría saber.

4 Te permite trabajar con el apoyo de tus compañeros

Habrá actividades que resolverás en **equipo** para tener más seguridad. Así, poco a poco, trabajando en **equipo** aprenderás mejor a trabajar tú solo. A esta forma de trabajar la llamamos **Aprendizaje cooperativo**.

Hemos puesto iconos en estas actividades:

- G〉 Lo haces todo en grupo.
- I〉G Empiezas tú solo.
- G〉I Empiezas en grupo.

5 Ordena el aprendizaje en 4 momentos clave

Nos activamos	Comprendemos	Aplicamos	Comprobamos lo aprendido
Con actividades que despiertan tu interés y tu curiosidad.	Con textos e imágenes que te ayudan a comprender mejor.	Con actividades para que utilices lo aprendido.	Con actividades para que sepas qué has aprendido y cómo.

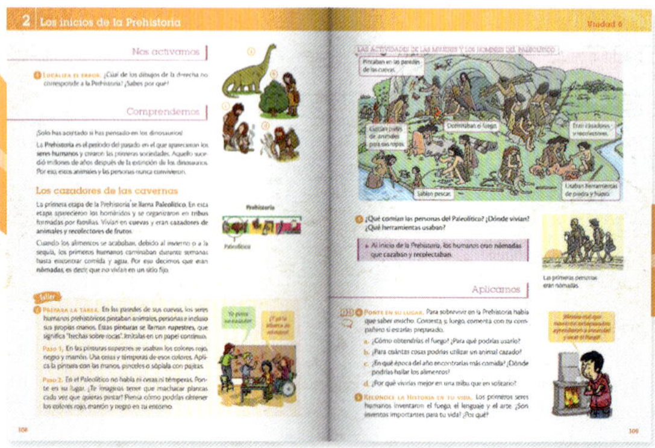

tarea final

Mejora tu entorno

Serás capaz de preparar una campaña para proteger los paisajes.

1 Nuestro planeta y la Luna

Comprender cómo se mueven la Tierra y la Luna.

¿Por qué hay día y noche? ¿Por qué hace calor en verano y frío en invierno?

Representar la Tierra y orientarnos.

¿Cómo podemos dibujar toda la Tierra en un papel? ¿Cómo salimos de un bosque si estamos perdidos?

smMasSavia.com

Lo que ya sé.

Nos activamos

G I **1** **PIENSA** en estas cuestiones sobre el Sol en tu equipo.

- El Sol es una estrella. ¿Por qué no vemos las demás estrellas de día, pero sí el Sol?
- ¿Dónde está el Sol por la noche?

Comprendemos

Las estrellas son astros que están muy lejos. Por eso nos llega poca luz de ellas. ¡Aunque algunas son mucho más grandes que el Sol! El Sol está más cerca. Por eso su luz es tan fuerte de día que no nos deja ver las demás estrellas.

¿Qué es el Sol?

El **Sol** es una **estrella**. Las estrellas son esferas gigantes que tienen **luz propia** y **calientan**.

El Sol nos da la luz y el calor necesarios para la **vida**. Por eso es tan importante.

¿Qué es la Tierra?

La **Tierra** es un **planeta**. Los planetas tienen una forma **casi esférica** y **giran alrededor de una estrella**. El recorrido que hacen es la órbita. La Tierra recorre su órbita alrededor del Sol.

La Tierra es conocida como el **planeta azul** porque está cubierta por gran cantidad de agua.

2 ¿Qué es la órbita de un planeta?

¿Qué es el sistema solar?

Los planetas que giran alrededor de una estrella forman **sistemas planetarios**. La Tierra forma parte de uno de ellos, llamado **sistema solar**. En el sistema solar hay ocho planetas que giran alrededor del Sol.

smMasSavia.com

La Tierra en el Universo.

3 Observa la imagen del sistema solar. ¿Cuál es el planeta más grande? ¿Crees que es mayor que el Sol?

- El **Sol** es la estrella del **sistema solar**.
- Los planetas del sistema solar son **Mercurio**, **Venus**, **Tierra**, **Marte**, **Júpiter**, **Saturno**, **Urano** y **Neptuno**.

El sistema solar se encuentra en una galaxia que se llama la **Vía Láctea**. Una **galaxia** es un gran conjunto de estrellas que gira alrededor de su propio centro.

Aplicamos

4 **DIBUJA** nuestro sistema solar.

a. En el centro de una hoja de papel dibuja el Sol.

b. Alrededor, dibuja las órbitas de los ocho planetas.

c. En cada órbita, pinta el planeta que corresponde siguiendo el orden correcto.

d. Para ir a Saturno desde la Tierra, ¿qué órbitas cruzarías?

2 ¡La Tierra gira!

Nos activamos

Cuando vas en un tren, notas que te mueves porque ves pasar el paisaje a través de las ventanillas. ¡Parece que los postes y los árboles se mueven!

1 **PIENSA.** ¿Crees que los postes y árboles que ves desde el tren se mueven realmente? ¿Qué sucede en realidad?

Comprendemos

Al igual que nos pasa en el tren, aunque no nos demos cuenta, la Tierra no para de girar. Desde un tren parece que los árboles se mueven, y desde la Tierra parece que el Sol se mueve. Sin embargo, la que se mueve es la Tierra.

El Sol parece que cambia de lugar

Si te fijas, por la mañana vemos el Sol en un lugar del cielo y por la tarde en otro.

Pero el Sol no es el que se mueve. **La Tierra** es la que **gira**. Este giro se llama rotación y es el que hace que veamos el Sol en diferentes posiciones.

el movimiento produce el día y la noche

2 **¿Quién se mueve realmente, el Sol o la Tierra?**

La Tierra rota sobre sí misma

La Tierra, como todos los planetas, gira sobre sí misma en su **movimiento de rotación**. Este movimiento se parece al de una peonza.

La Tierra gira alrededor del **eje de rotación**, que es la línea recta imaginaria que une el **Polo Norte** y el **Polo Sur**. Este eje está ligeramente inclinado.

3 Completa la frase en tu cuaderno:

La Tierra gira sobre su ◆◆◆ en el movimiento de ◆◆◆.

- La Tierra **gira sobre sí misma**. Este es el **movimiento de rotación.**
- El **eje de rotación** es la línea imaginaria que atraviesa la Tierra desde el Polo Norte al Polo Sur.

Aplicamos

4 EXPLICA en qué se parece el movimiento de rotación de la Tierra al giro de una peonza.

5 EXPERIMENTA. Haz una bola con plastilina y atraviésala con un palillo. Gírala lentamente. Responde a estas preguntas y luego compara tus respuestas con tu compañero y comprueba que estáis de acuerdo.

a. Explica cuál es el eje de rotación.

b. ¿Cuál sería el Polo Norte de la bola? ¿Y el Polo Sur?

Guarda la bola con el palillo para la próxima clase. La volveremos a utilizar.

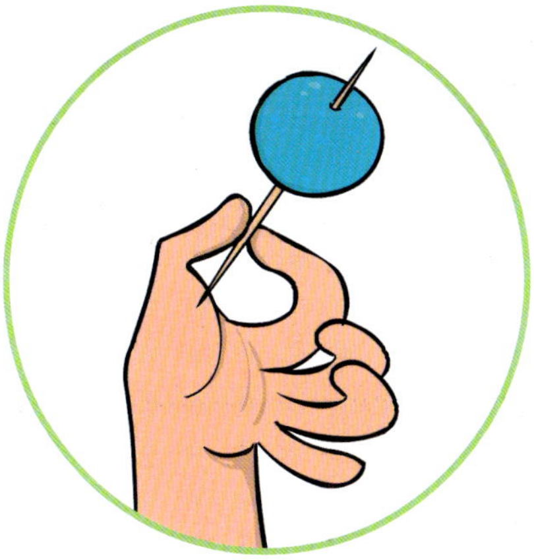

Nos activamos

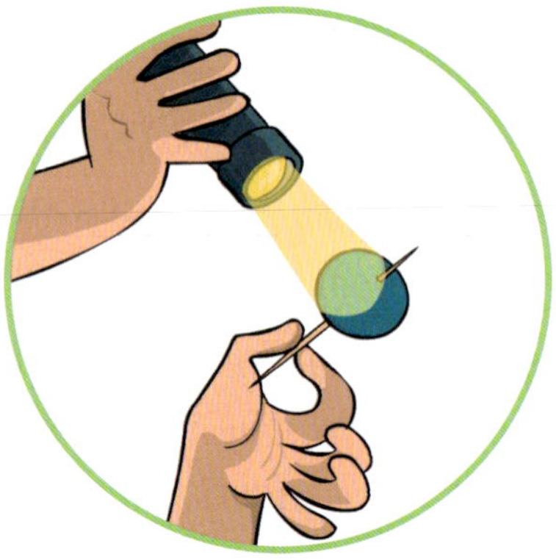

1 **EXPERIMENTA.** Vamos a volver a usar la bola con un palillo de la clase anterior. Ahora ilumina la bola con una linterna y gírala lentamente.

Si la bola representa la Tierra, ¿en qué lado es de día? ¿En qué lado es de noche?

Comprendemos

Donde da la luz es de día, en el otro lado es de noche.

El día y la noche se suceden

La Tierra gira y tarda **24 horas** en completar el movimiento de rotación. Eso es un **día completo**.

Esta rotación es la que hace que los rayos del Sol no lleguen al mismo tiempo a todas las partes del planeta.

Cuando tú estás en una parte de la Tierra que recibe los rayos del Sol, otra parte del planeta está a oscuras. En la parte iluminada, es de **día**, y en la parte que no recibe la luz, de **noche**.

Cuando en Estados Unidos es de día...

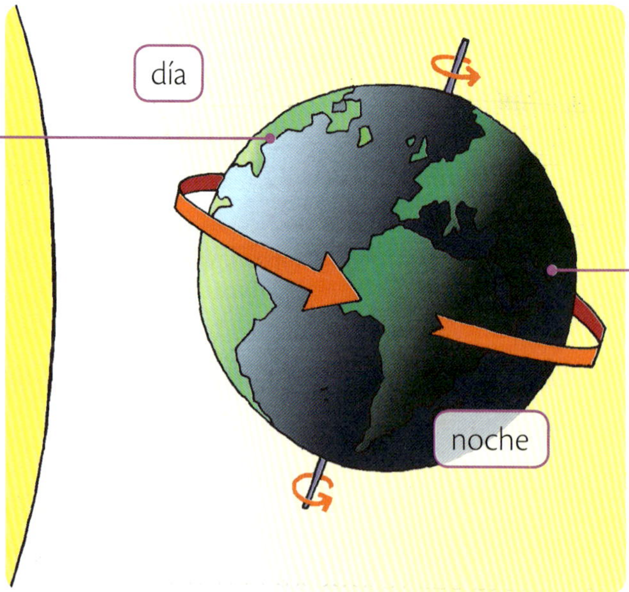

Donde da el Sol es de día. Mientras, la otra mitad del planeta permanece a oscuras durante la noche.

...en China es de noche.

2 **Explica, con ayuda del dibujo, por qué el día sigue a la noche.**

- La Tierra da una vuelta sobre sí misma cada 24 horas, es decir, **un día completo**.
- El movimiento de rotación da lugar al **día** y a la **noche**.

Aplicamos

3 **EXPLICA** por qué no puede ser de día al mismo tiempo en toda la Tierra.

4 smMasSavia.com | ¿Cómo es el movimiento de rotación?

5 **OBSERVA** este dibujo de la Tierra y relaciona cada número con el momento del día o de la noche en que se encuentra.

a. Noche. b. Día. c. Anochecer.

- Explica en cada caso por qué crees que es así.

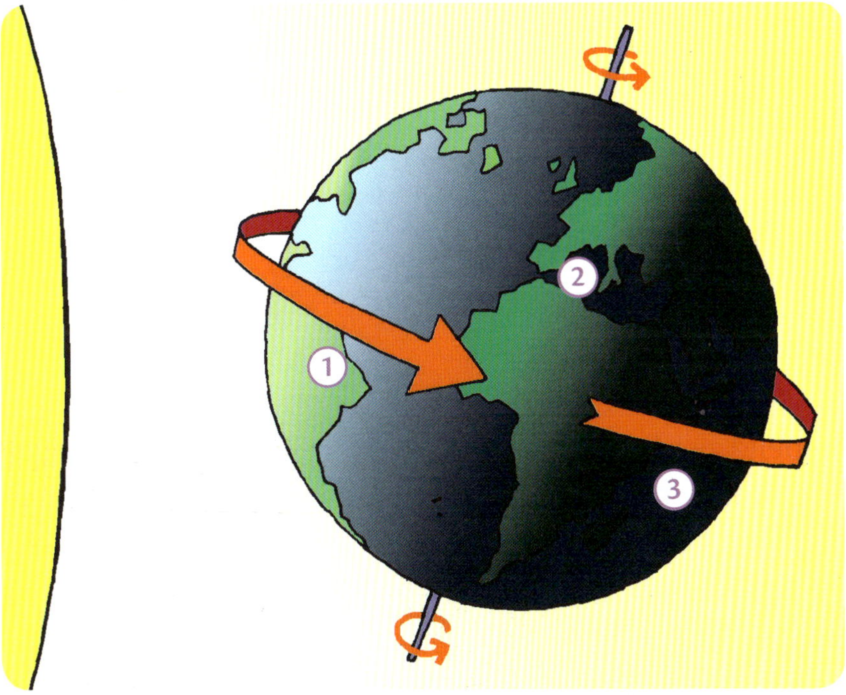

6 **¿QUÉ PASARÍA SI** la Tierra no girase? ¿Habría días y noches?

7 **IMAGINA** que donde vives siempre es de noche. Piensa cómo sería la vida.

a. Entrevista a tu compañero y anota sus respuestas en un folio. ¿Qué problemas tendrían las personas y los animales? ¿Y las plantas?

b. Luego tu compañero te entrevista a ti.

Las plantas necesitan luz para vivir.

Nos activamos

¿Cuál es el vehículo más rápido en el que has viajado?

No es un coche ni un avión. ¡Es la Tierra! La Tierra se mueve alrededor del Sol a una velocidad enorme. ¡Más de 100 000 km por hora! Algunos cohetes llegan a 50 000 km/h.

1 **CALCULA.** ¿Qué es más rápido, un cohete o la Tierra? ¿Cuánto más rápido?

Comprendemos

La Tierra se mueve alrededor del Sol a gran velocidad. Pero la órbita es muy larga y tarda ¡un año en recorrerla!

Un viaje cada año

La Tierra tarda **365 días** en dar **una vuelta** alrededor del Sol, es decir, necesita **un año** para completar su órbita. Este movimiento de la Tierra se llama **traslación**.

2 **¿Cuánto tiempo tarda la Tierra en dar una vuelta completa al Sol? ¿Cómo se llama ese movimiento?**

Las estaciones del año

El **eje de la Tierra está inclinado**. Por eso, las distintas partes del planeta reciben los rayos del Sol de manera diferente en cada época del año. Esto da origen a las cuatro **estaciones del año: primavera, verano, otoño** e **invierno**.

Cuando los rayos llegan de forma más directa, los días son más largos y es verano.

1. En **primavera** comienza poco a poco el calor y los días se alargan. La primavera empieza hacia el 21 de marzo y finaliza el 20 de junio.

2. En **verano** los rayos del sol llegan de forma muy directa. Por eso hace mucho calor y los días son muy largos. Esta estación dura desde el día 21 de junio hasta el 22 de septiembre.

Las **estaciones del año** no ocurren al mismo tiempo en toda la Tierra. ¡Cuando es verano en España, en el sur del mundo es invierno!

4. En **invierno** los días son muy cortos y los rayos del Sol llegan con mucha inclinación. Por eso hace frío. El invierno abarca desde el 21 de diciembre al 20 de marzo.

3. En **otoño** los días se acortan. Los rayos del Sol se inclinan un poco y empieza a hacer más frío. El otoño empieza hacia el 23 de septiembre y termina el 20 de diciembre.

3 Cuando los rayos del Sol son más directos y los días son más largos, ¿es verano o invierno? ¿Por qué?

- El **movimiento de traslación** es el que realiza la Tierra cuando gira alrededor del Sol. La Tierra tarda **un año** en completar su órbita.
- Las **estaciones** se producen porque en cada una los rayos del Sol llegan a la Tierra de forma diferente.

Aplicamos

4 **PIENSA.** La Tierra, al mismo tiempo que da la vuelta al Sol, gira sobre sí misma.

a. ¿Cuántas vueltas ha dado sobre sí misma después de haber dado una vuelta entera al Sol?

b. Explica cómo lo has calculado.

c. ¿Cuántas vueltas ha dado la Tierra al Sol desde que naciste?

Nos activamos

1 **RECUERDA LO QUE SABES.** A veces se ve la Luna durante el día. ¿Pero se puede ver la Luna durante todo el tiempo? ¿Dónde crees que está cuando no la vemos?

Comprendemos

A veces vemos la Luna durante el día, pero no siempre. ¡Muchas veces no la vemos porque está al otro lado de la Tierra!

La Luna gira alrededor de la Tierra

La Luna es el **satélite de la Tierra**. Un satélite es un cuerpo del espacio que gira **alrededor de un planeta**. La Luna también **gira sobre sí misma**.

Nuestro satélite tarda **28 días** en completar su **movimiento de traslación** alrededor de la Tierra, y lo mismo en completar su **movimiento de rotación**.

La Luna tiene un paisaje lleno de cráteres. También grandes llanuras de arena. Pero ¡no hay agua!

2 ¿Cuánto tarda la Luna en dar una vuelta a la Tierra?

La Luna mueve los mares

Si alguna vez has estado junto al mar, habrás visto que a veces el nivel del agua sube y cubre todo lo que había en la orilla.

Este movimiento del mar se llama **marea**. Se produce porque la Luna atrae el agua del mar y hace que suba. La Luna gira alrededor de la Tierra y atrae el mar según su posición.

3 ¿Qué son las mareas?

Las fases de la Luna

Los satélites no tienen luz propia. Por eso, aunque parezca que la Luna brilla, lo que sucede es que **refleja la luz del Sol**.

Según su posición, podemos ver la Luna entera, solo una parte o no verla. Son las **fases de la Luna.**

fases de la Luna: cada una de las formas con que se ve la Luna.

1. La cara visible de **la Luna llena** está totalmente iluminada por el Sol.

2. **La Luna en cuarto menguante** recibe menos luz.

3. La Luna **nueva** no recibe los rayos solares.

4. El **cuarto creciente** recibe de nuevo la luz del Sol.

4 ¿Tiene luz propia la Luna? ¿Por qué brilla?

- **La Luna** es el **satélite** que gira alrededor de la Tierra. Para dar la vuelta completa necesita 28 **días.**
- Las **mareas** se deben a la fuerza de atracción de la Luna sobre la Tierra y el agua del mar.
- Las **fases de la Luna** son: **llena**, **menguante**, **nueva** y **creciente**.

Hay un truco para acordarse de las fases de la Luna: cuando tiene forma de **C**, **decrece** (menguante) y, cuando tiene forma de **D**, **crece** (creciente).

Aplicamos

5 **OBSERVA** hoy la Luna. ¿En qué fase estamos?

I G 6 **EXPLICA** las diferencias que hay entre un planeta, un satélite y una estrella. ¿Cuál tiene luz propia?

Compara tu respuesta con la de tu compañero.

7 smMasSavia.com | Juega a tres en raya y descubre lo que sabes sobre la Luna.

PÁRATE A PENSAR

Hasta ahora hemos estudiado el sistema solar, el Sol y los movimientos de la Tierra y de la Luna.

Antes de seguir, vamos a comprobar si hemos comprendido bien todo.

El sistema solar y la Tierra

1 **OBSERVA** esta imagen de parte del sistema solar. Copia el dibujo y complétalo con los planetas que faltan.

a. ¿Qué planetas faltan en el dibujo?

b. ¿Dónde está la Luna? Añade en tu dibujo una etiqueta para la Luna.

c. Señala en tu dibujo las órbitas de la Tierra y de la Luna. Dibuja también el eje de la Tierra.

2 **RELACIONA** las fotos de la derecha con los movimientos de la Tierra. ¿Cuál de ellas puedes relacionar con el movimiento de rotación? ¿Y con el de traslación? Explica por qué.

3 **COMPLETA** el siguiente esquema en tu cuaderno con lo que has aprendido sobre los movimientos de la Tierra.

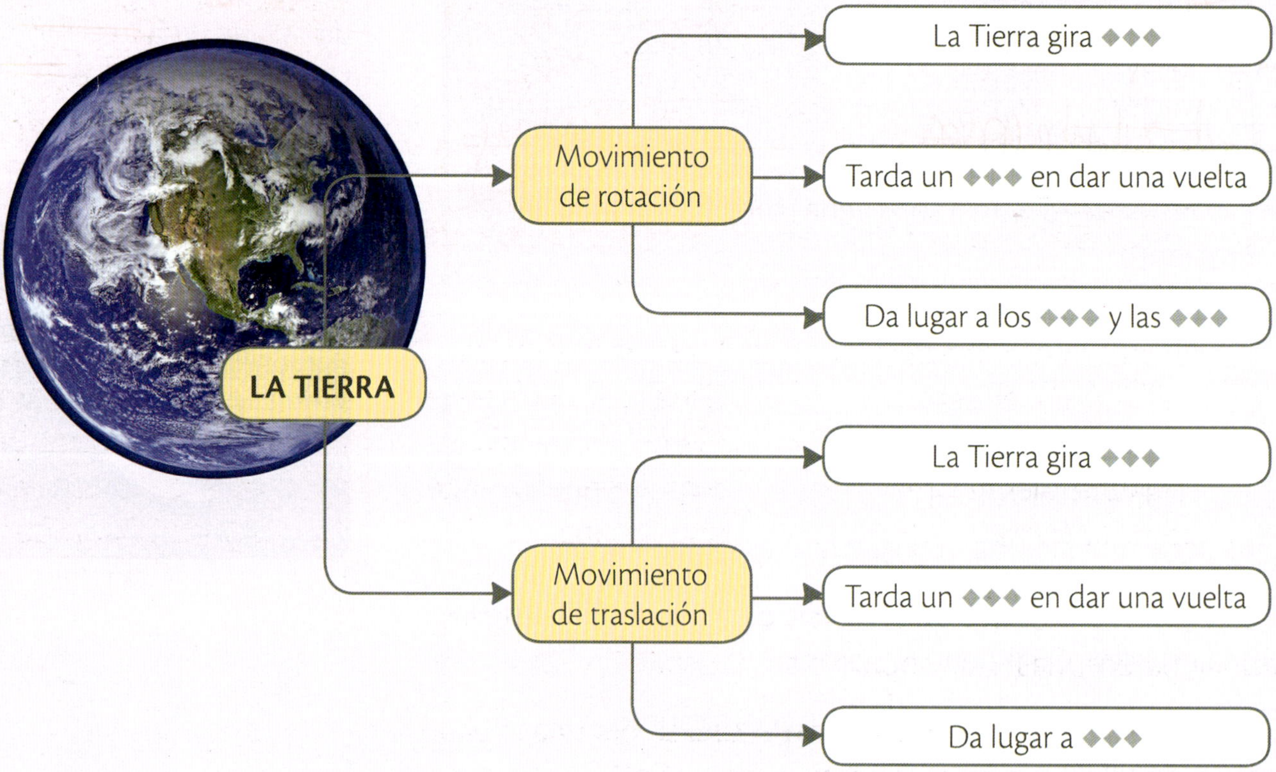

La Luna

4 **PRACTICA** los movimientos de la Luna alrededor de la Tierra. Por parejas, uno representa la Tierra y otro, la Luna. El que hace de Luna gira despacio alrededor de la persona que hace de la Tierra, mirando siempre hacia ella.

- Explica por qué vemos siempre la misma cara de la Luna.

Crea un modelo de la Tierra, la Luna y el Sol

La Tierra gira alrededor del Sol, y la Luna gira alrededor de la Tierra. De esta forma, la Luna también gira alrededor del Sol.

Para comprender cómo se mueven, vamos a hacer un modelo de los movimientos de la Tierra y la Luna.

PASO 1 Dibuja una imagen del Sol en el centro de una cartulina. Dibuja también la órbita de la Tierra.

PASO 2 Haz una bola de plastilina azul, que será la Tierra, y otra blanca más pequeña, que será la Luna.

PASO 3 Uno mueve despacio la Tierra por su órbita, mientras otro mueve la Luna alrededor de la Tierra.

5 **ANALIZA.** ¿Cómo es el movimiento de la Luna? ¿A qué crees que se parece más, a un círculo o a una espiral?

6 **RECUERDA.** ¿Cuánto tiempo tarda la Luna en dar una vuelta a la Tierra? ¿Y la Tierra en dar una vuelta al Sol?

Nos activamos

Hoy día sabemos que nuestro planeta es esférico como una pelota. Sin embargo, hace siglos, las personas creían que la Tierra era plana y que, cuando llegabas al borde, te caías. ¿Te imaginas?

1 **Imagina.** ¿Qué pasaría con el agua del mar si la Tierra fuese plana? ¿Se podría dar la vuelta al mundo? ¿Por qué?

Comprendemos

Si la Tierra fuese plana, no se le podría dar la vuelta. Pero la Tierra es una esfera.

¿Qué es un globo terráqueo?

El globo terráqueo es una **esfera que representa la Tierra** con exactitud, pero a un tamaño menor que el real.

En el globo terráqueo se ven los principales elementos del planeta.

1. El **hemisferio norte** es la mitad del globo situada al norte del ecuador.

2. El **ecuador** es la circunferencia imaginaria que divide horizontalmente la Tierra en dos hemisferios.

3. El **hemisferio sur** es la mitad que se encuentra al sur del ecuador.

5. El **eje de rotación** de la Tierra se representa por el eje del globo, que lo atraviesa por el centro y une los polos.

4. Los **polos** son los extremos de la Tierra más alejados del ecuador. Hay un Polo Norte y un Polo Sur.

2 ¿En qué hemisferio está el Polo Sur? ¿En cuál estamos nosotros?

3 ¿Qué lugares une el eje de rotación?

¿Para qué sirve un globo terráqueo?

El globo terráqueo sirve para ver que, cuando en un lado de la Tierra es de **día**, en el otro es de **noche**. Además, un globo podemos hacerlo **girar** como gira la Tierra de verdad.

El **globo terráqueo** representa muy bien la Tierra porque el planeta es una **esfera**, como el globo.

Desde la Estación Espacial Internacional se ve muy bien la **forma esférica** de la Tierra.

4 Explica para qué sirve un globo terráqueo.

▶ El **globo terráqueo** es una esfera que representa la Tierra con **exactitud**.

Taller

Aplicamos

5 **CONSTRUYE** con tu equipo un globo terráqueo para estudiar sus elementos.

PASO 1. Necesitamos una esfera de poliespán (corcho blanco) o de corcho. Pinchamos unos palillos en dos extremos opuestos, que serán los polos.

PASO 2. Pintamos la línea del ecuador, que rodea toda la esfera a mitad de camino entre los polos.

PASO 3. Hacemos girar el globo sujetándolo por los polos.

6 **EXPLICA** sobre el globo cuál es cada uno de los hemisferios y dónde están el ecuador y los polos.

Representamos la Tierra con mapas

Nos activamos

1 **DIBUJA** un plano de tu clase. ¿Dónde está la puerta? ¿Y las ventanas? ¿Dónde estás tú?

Comprendemos

Para representar tu clase puedes hacer un plano. De igual manera, un mapa es una representación de un territorio.

La Tierra en un plano

Un **mapa** es una **representación** plana de la Tierra o de parte de ella sobre un plano, como un papel. Esta representación tiene un tamaño mucho menor que el real.

¿Qué tipos de mapas existen?

Hay muchos **tipos de mapas**. Los mapas del tiempo muestran fenómenos atmosféricos, los de carreteras nos ayudan en los viajes, etc. En general, se agrupan en **dos tipos**:

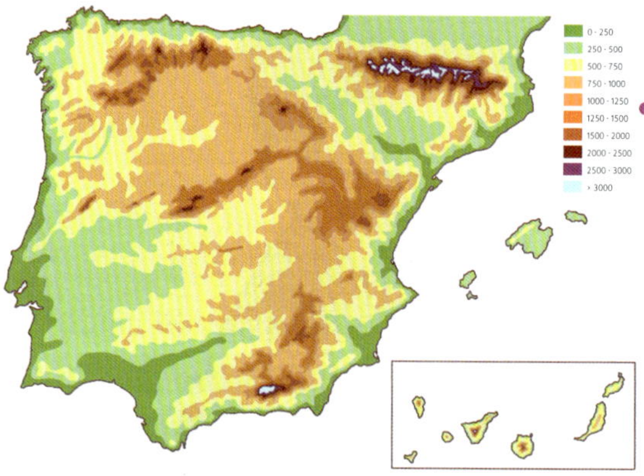

La **leyenda** explica los símbolos del mapa.

1. Los **mapas físicos**, que muestran la superficie natural.

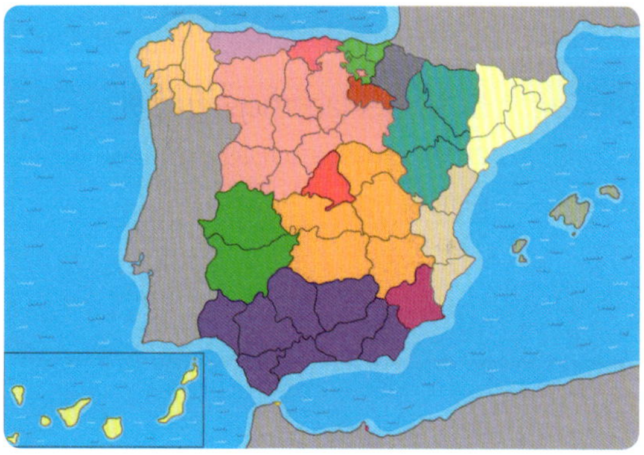

2. Los **mapas políticos**, que muestran los países u otras divisiones creadas por las personas.

2 ¿Qué territorio se representa en cada uno de estos mapas?

¿Qué es un planisferio?

Un **planisferio** es un mapa que representa toda la superficie de la Tierra.

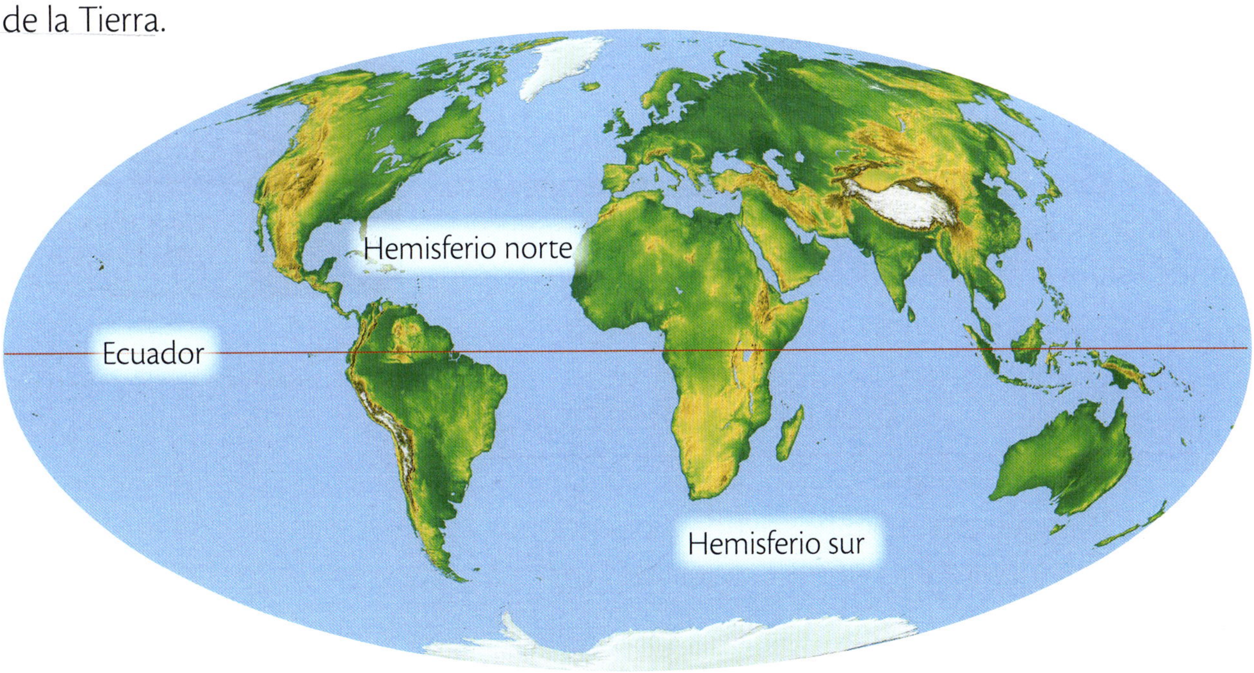

TRABAJAMOS LA COMPRENSIÓN LECTORA

3 **Localiza el tema.** ¿Qué representa este mapa?

4 **Busca información.** Si quieres buscar España en el mapa, tendrás que buscar en:

A. El hemisferio norte. B. El ecuador. C. El hemisferio sur.

5 **Piensa en lo que dice el mapa.**

a. ¿Por qué crees que hay territorios coloreados de blanco?

b. ¿Podrías encontrar en este mapa la capital de Japón? ¿Por qué?

▶ Un **mapa** es una **representación plana** de la Tierra o de parte de ella.

Aplicamos

6 **Compara** un globo terráqueo y un planisferio. ¿En qué se parecen y en qué se diferencian?

Nos activamos

(G)(I) **1** **DA TU OPINIÓN.** ¿Crees que sirve para algo saber dónde están los puntos cardinales? ¿Por qué?

Imagina que nos hemos perdido en el campo y no sabemos cómo volver a casa. Cuando salimos esta mañana empezamos a caminar en línea recta hacia el Sol. Ahora es mediodía. ¿Dónde estará el Sol a esta hora?

A mediodía el Sol está en el sur.

Comprendemos

Fijarse en dónde se encuentra el Sol nos ayuda a orientarnos. La posición del Sol nos indica los puntos cardinales.

¿Dónde están los puntos cardinales?

Los cuatro **puntos cardinales** son **norte** (N), **sur** (S), **este** (E) y **oeste** (O), y sirven para orientarnos. Hay diferentes maneras de saber dónde está el norte:

La **brújula** siempre indica el **norte**.

La **estrella polar** indica el **norte**.

El Sol **sale por el este** y se pone por el oeste. A **mediodía** nos indica dónde está el **sur**.

El **musgo** necesita mucha sombra y humedad. Por eso crece más en el lado **norte** de los árboles.

2 **Si el Sol sale por el este, ¿hacia qué punto cardinal señalará nuestra sombra en ese momento?**

Localizar un punto en la Tierra

Los **paralelos** y los **meridianos** son líneas imaginarias que sirven para localizar un punto en la superficie terrestre. Por ejemplo, dónde está nuestra localidad.

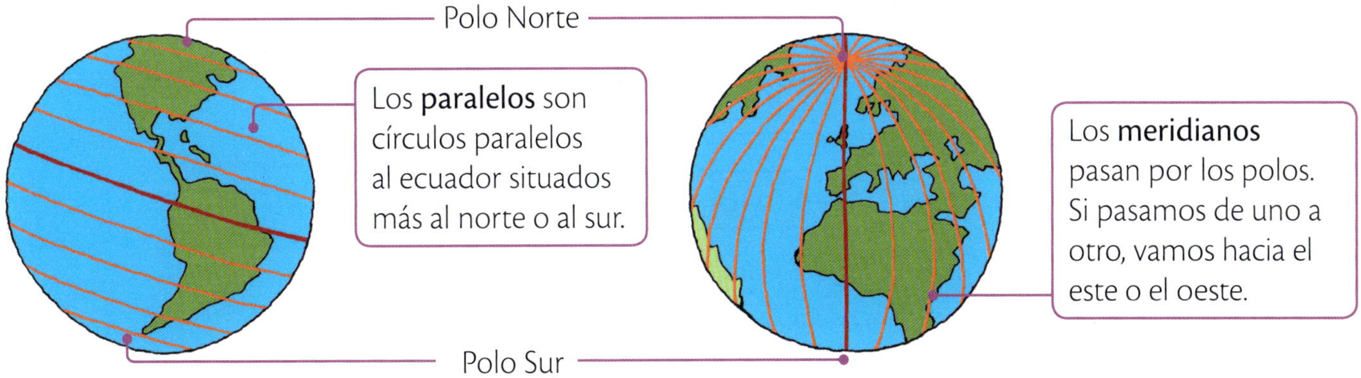

También existen instrumentos como el **navegador GPS** de un coche, que indica dónde nos encontramos. El GPS se comunica con satélites artificiales para conocer su posición exacta.

El GPS indica la posición del coche en un mapa.

3 ¿Qué son los paralelos? ¿Y los meridianos? ¿Para qué sirven?

- Los **puntos cardinales** sirven para orientarse.
- Los **paralelos** son circunferencias paralelas al ecuador y los **meridianos** pasan por los polos.

Aplicamos

4 **Relaciona** en tu cuaderno cada una de estas pistas con un punto cardinal:

sol a mediodía •	• norte
salida del sol •	• sur
opuesto al sur •	• oeste
puesta de sol •	• este

5 **Ponte en su lugar.** Vuelve a leer el texto de **Nos activamos.** ¿Hacia qué punto cardinal hemos caminado esta mañana? ¿Hacia dónde deberíamos caminar para volver?

6 **Investiga** sobre la brújula, su origen y su uso.

COMPROBAMOS LO APRENDIDO

1 **ORGANIZA LA INFORMACIÓN.** Copia y completa este esquema en tu cuaderno.

EL SISTEMA SOLAR
- está formado por → Mercurio, ◆◆◆, Tierra, Marte, ◆◆◆, Saturno, ◆◆◆ y Neptuno → giran alrededor del ◆◆◆
- contiene → La Tierra
  - con sus dos movimientos → rotación y ◆◆◆
  - se representa mediante → globo ◆◆◆ y planisferio
  - alrededor de ella gira → la ◆◆◆

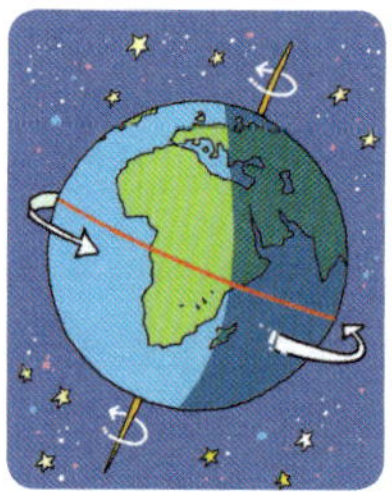

2 **COMPARA** estas imágenes. Escribe en tu cuaderno en cuál de ellas se representan los paralelos y en cuál, los meridianos. Explica las diferencias entre ambos.

a 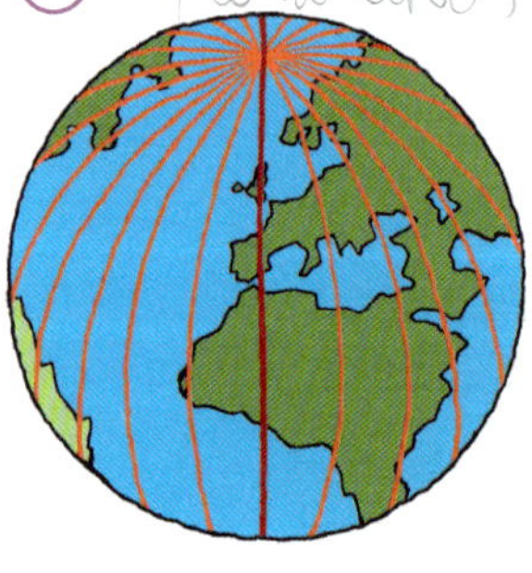

b 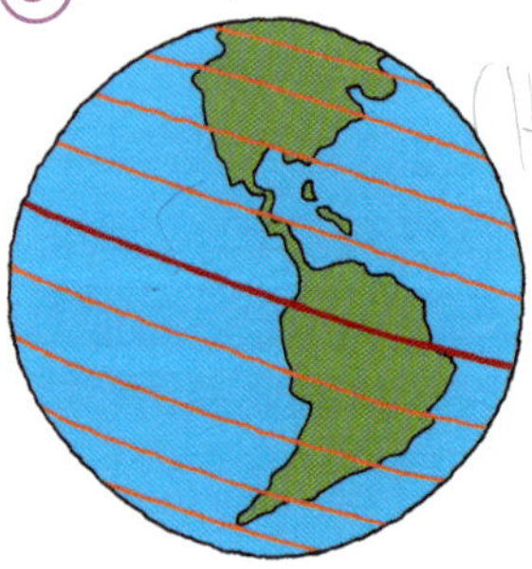

3 **COMPLETA** las frases en tu cuaderno.

a. La Tierra es nuestro ◆◆◆ y gira alrededor del ◆◆◆. La Tierra está en el sistema ◆◆◆.

b. El movimiento de ◆◆◆ de la Tierra da lugar a los días y las ◆◆◆.

c. Las cuatro ◆◆◆ de la Luna son: nueva, ◆◆◆, ◆◆◆ y menguante.

4 **PRACTICA** la orientación. Vamos a usar el plano de la clase para buscar un tesoro.

- Dibuja un plano de la clase. La pizarra será el norte. Divídelo en columnas con letras y filas con números.
- Esconde un tesoro en una casilla y dibuja el camino para llegar a él.
- Usa los puntos cardinales para explicar a tu compañero cómo encontrarlo. Por ejemplo, camina hacia el oeste desde F2.

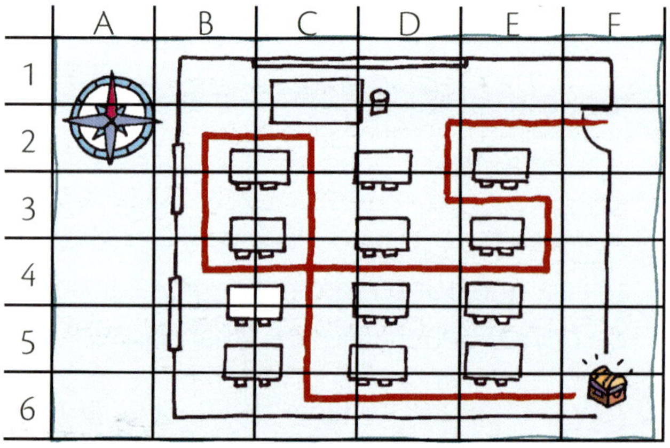

5 PREPARA LA TAREA. Dibujamos cómo cambian los paisajes de nuestra comunidad autónoma a lo largo del año.

- Elegimos un paisaje natural de nuestra comunidad (un bosque, un prado, un río…).
- Hacemos dos dibujos de ese paisaje: uno en verano y otro en invierno. ¿Son iguales o se diferencian? ¿En qué se diferencian?
- Guardamos los dibujos para la tarea final.

6 OBSERVA el globo terráqueo y responde.

a. ¿Qué letra señala el ecuador? ¿Y los hemisferios? ¿Y el eje de rotación?

b. Explica qué son la línea del ecuador y el eje de rotación.

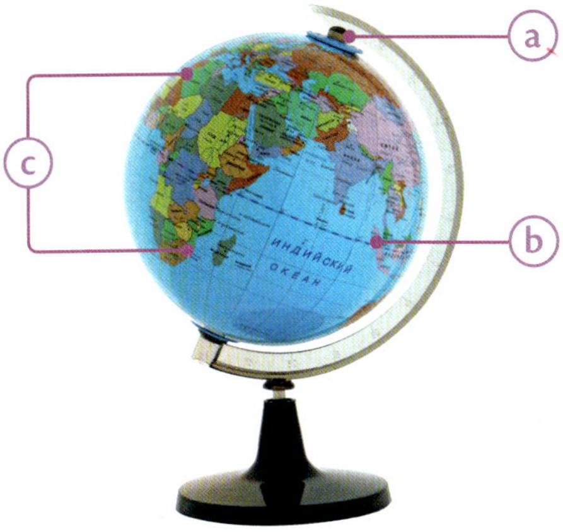

7 DIBUJA una brújula en tu cuaderno:

a. Señala los puntos cardinales.

b. Busca información y sitúa también estos puntos.

noroeste | sureste | suroeste | noreste

8 OBSERVA el mapa y responde a las cuestiones.

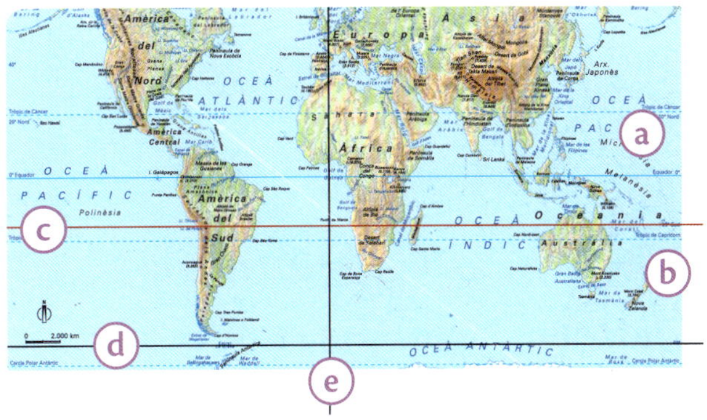

a. ¿Cómo se llama esta representación de la Tierra?

b. Relaciona las zonas señaladas con letras con los siguientes nombres:

ecuador | paralelo | meridiano | hemisferio norte | hemisferio sur

Mi diario

1 ¿Qué es lo que más te ha gustado aprender sobre la Tierra? ¿Para qué es importante saberlo?

2 Saber orientarse es útil porque… y puedo orientarme si sé encontrar los…

3 Lo que me ha parecido más fácil de aprender es…

4 No me gusta cuando en clase pasa…

smMasSavia.com | Autoevaluación.

2 Las capas de la Tierra

En esta unidad, vamos a:

Conocer las capas que forman la Tierra.

¿A dónde miras para saber qué tiempo hace? ¿A dónde va el agua de un río que se ha secado? ¿Con qué se fabrican las tizas?

Aprender a cuidar la naturaleza.

¿Qué podemos hacer para contaminar menos?

smMasSavia.com

Lo que ya sé.

Nos activamos

1 **OBSERVA** esta foto de la Tierra vista desde el espacio. ¿Qué es lo que se ve de color azul? ¿Qué es de color verde y marrón? ¿Qué pueden ser las manchas blancas?

Comprendemos

Desde el espacio podemos ver los mares, la tierra y las nubes de nuestro planeta. Todo esto forma las capas de la Tierra.

Las capas del planeta

La Tierra se compone de **tres capas**:

1. La **atmósfera** es la capa de **aire** que rodea la Tierra.

2. La **hidrosfera** es la capa de **agua** sobre la superficie terrestre.

3. La **geosfera** es la capa sólida de **rocas** del planeta.

2 ¿Qué capa está formada por aire? ¿En cuál vivimos?

¿Qué es la atmósfera?

La **atmósfera** es la capa de aire que rodea la Tierra y la separa del espacio exterior.

Esta capa **nos protege** de los rayos solares y mantiene las temperaturas en la Tierra. Por eso decimos que la atmósfera **permite que nuestro planeta sea habitable**.

El **aire** está compuesto por varios gases. El gas más abundante es el **nitrógeno**. El segundo más abundante es el **oxígeno**, que nos permite respirar.

LAS PARTES DE LA ATMÓSFERA

La **parte alta** está compuesta por muchas capas y apenas tiene aire.

La **parte baja** de la atmósfera contiene el aire y las nubes. En ella se produce la lluvia, la nieve y el viento.

3 ¿En qué parte de la atmósfera vuelan los pájaros?

- La Tierra está compuesta por **tres capas**: la atmósfera, la hidrosfera y la geosfera.
- La **atmósfera** es la capa de aire que **rodea la Tierra**.

smMasSavia.com

Las capas de la atmósfera.

Aplicamos

4 **DIBUJA** las capas de la atmósfera e incluye:

- Los nombres de las partes en que se divide.
- Un pájaro en la zona habitable.
- Una nube en la zona donde se producen la lluvia y otros fenómenos atmosféricos.

2 ¿Qué tiempo hace?

Nos activamos

1 **EXPLICA** qué tiempo hace en cada fotografía.

2 **OBSERVA.** ¿Qué tiempo hace hoy? ¿Hace siempre el mismo tiempo? ¿En qué estación estamos?

Comprendemos

Los fenómenos que observa Ismael suceden en la atmósfera. El tiempo cambia mucho. A veces hace calor y no llueve. ¡Y otras veces hace mucho frío y puede nevar!

¿Qué es el tiempo atmosférico?

El tiempo atmosférico es el **estado de la atmósfera** en un determinado momento y lugar. Para saber qué tiempo hace hay que fijarse en estos **fenómenos** de la atmósfera:

- La **temperatura del aire** es el frío o el calor que hace. Si la temperatura es baja, hace **frío**. Cuando es alta, hace **calor**.

- La **humedad** es la cantidad de vapor de agua en el aire. Cuando hay mucha humedad, se forman **nubes** y puede **llover**.

- El **viento** es el movimiento del aire. Según su fuerza puede ser una **brisa** suave, un **vendaval** o un fuerte **huracán**.

3 ¿En qué tres fenómenos de la atmósfera hay que fijarse para saber qué tiempo hace? ¿Qué es la humedad del aire?

Medir los fenómenos atmosféricos

Los **meteorólogos** estudian el tiempo atmosférico e informan sobre el tiempo que va a hacer. Para ello, miden los **fenómenos atmosféricos** con los instrumentos de una **estación meteorológica**. Con esos datos hacen **mapas del tiempo**.

LA ESTACIÓN METEOROLÓGICA

La **veleta** gira con el viento e indica la dirección del viento.

El **anemómetro** gira sus aspas y mide la velocidad del viento.

El **termómetro** mide la temperatura del aire.

El **pluviómetro** mide la cantidad agua que cae cuando llueve, nieva o graniza.

- El **tiempo atmosférico** es el estado de la atmósfera en cada momento.
- Los **meteorólogos** estudian el tiempo para saber qué tiempo va a hacer.

Aplicamos

4 **PIENSA Y EXPLICA** qué crees que puede pasar si hay muchas nubes, mucha humedad en el aire y hace mucho frío.

5 **INTERPRETA** este mapa del tiempo.

a. ¿Dónde va a nevar, en el norte o en el sur?

b. ¿Dónde puede haber tormentas, en el este o el oeste?

c. Compara tus respuestas con las de tu compañero.

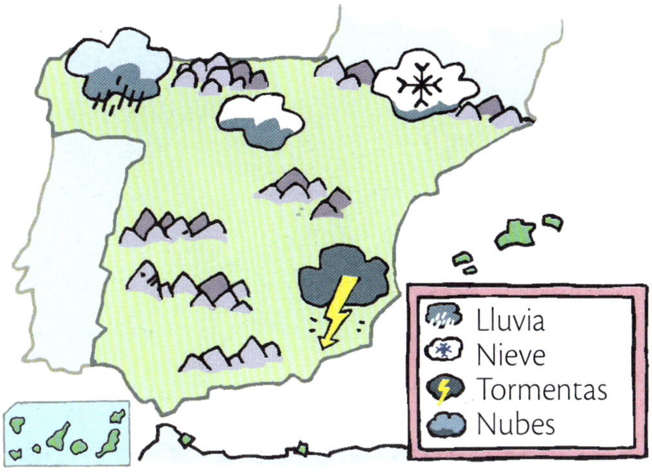

Nos activamos

1 **COMPARA** las dos fotos. ¿A qué época del año corresponde cada una? Explica por qué.

2 **PIENSA** en donde vives tú. ¿Cómo es el verano? ¿Y el invierno? ¿Hace siempre calor en verano?

Comprendemos

En nuestro país en verano suele hacer más calor y llover menos, y en invierno hace más frío. Pero en otros lugares del mundo no es así. Tienen distinto clima.

En las islas **Canarias** las temperaturas son cálidas durante todo el año y las precipitaciones son escasas en general.

¿Qué es el clima?

El **clima** es el tiempo atmosférico que hace **en un lugar** a lo largo del año. Depende de:

- La **temperatura** y las **precipitaciones** de ese lugar durante cada estación del año.
- El **lugar de la Tierra** en el que se encuentra.

Las zonas climáticas del planeta

En la Tierra hay **tres zonas climáticas**:

1. Zona **climática fría**: las temperaturas son muy bajas todo el año. Las lluvias suelen ser en forma de nieve. Los **Polos** están en la zona fría.

2. **Zona climática templada**: las temperaturas suben o bajan según la estación del año. Las lluvias son moderadas. **España** está en la zona templada.

3. **Zona climática cálida**: las temperaturas son siempre altas. Hay lugares donde llueve mucho y en otros casi no llueve. Las **selvas** y algunos **desiertos** están en la zona cálida.

3 ¿En qué lugares del planeta hace frío todo el año?

Distinguir entre tiempo y clima

El **tiempo** es el estado de la atmósfera en un lugar y un momento. En cambio, el **clima** es el tiempo que hace en un lugar a lo largo del año.

Así, podemos decir que en nuestra localidad ahora el **tiempo** es caluroso o no. Y que tenemos un **clima templado**, pues en verano hace calor y llueve poco, en invierno hace frío y suele llover más en primavera y otoño.

4 ¿Qué tiempo hace ahora en tu localidad? ¿Cómo es el clima?

- El **clima** es el tiempo que hace en un lugar a lo largo del año.
- Hay tres grandes **zonas climáticas** en la Tierra: zona fría, zona templada y zona cálida.

Aplicamos

5 **CLASIFICA** en tu cuaderno los siguientes países según su clima.

	TEMPERATURAS	LLUVIAS	ZONA CLIMÁTICA
Francia	Frío en invierno, calor en verano.	Moderadas.	◆◆◆
Mali	Calor todo el año.	Muy poca lluvia.	◆◆◆
Malasia	Calor todo el año.	Varios meses muy lluviosos.	◆◆◆
Groenlandia	Frío todo el año.	En forma de nieve.	◆◆◆

6 **COPIA Y COMPLETA** las siguientes frases en tu cuaderno con la palabra **tiempo** o **clima**. Explica por qué la has elegido en cada caso.

- Hoy el ◆◆◆ es lluvioso, pero dicen que mañana hará sol.
- En el desierto el ◆◆◆ es cálido, porque hace calor todo el año y casi no llueve.
- En las zonas de ◆◆◆ frío suele nevar y hace frío casi todo el año, aunque también hay días con un ◆◆◆ seco y soleado.
- Ayer el ◆◆◆ fue muy frío y nevó toda la mañana.

Nos activamos

¡El nivel del mar está subiendo!

En los últimos 100 años el nivel del mar ha subido unos 15 centímetros. Si continúa esta subida, algunas zonas de costa pueden sufrir graves inundaciones.

1 **OPINA.** ¿Crees que esta noticia es real?

2 **ELABORA UNA HIPÓTESIS.** ¿Qué pasará con las playas si sube mucho el nivel del mar?

Comprendemos

La subida del nivel del mar es una noticia real y preocupante. En parte esa subida está producida por la contaminación. Pero podemos luchar contra ella.

¿Qué puedes hacer tú?

Estamos acostumbrados a tener comodidades, como calentar las casas, viajar en coche o usar la nevera. Pero todo esto produce **gases que contaminan el aire**. Por eso debemos **reducir su uso**.

Con la contaminación dañamos la atmósfera que los seres vivos necesitamos para respirar.

La bicicleta es una alternativa al coche.

3 ¿Qué podemos hacer para contaminar menos?

Todos somos **responsables** de la contaminación. Todos contaminamos al usar coches o calefacción. Pero todos podemos contaminar menos. ¡Piensa cómo!

El cambio climático

Algunos de estos **gases contaminantes** pueden afectar a todo el planeta y causar un **calentamiento global.**

Este calentamiento puede provocar un **cambio climático** con los siguientes graves efectos:

- Los hielos de los Polos se derriten y **el nivel del mar sube**: algunas zonas costeras se pueden inundar.
- Hay **sequías** y la vegetación desaparece en algunas regiones, que se convierten en **desiertos**.

4 ¿Qué efectos puede tener el cambio climático?

> ▶ Algunas actividades humanas **contaminan**.
>
> ▶ El calentamiento global puede causar un **cambio climático**, con subida del nivel del mar y sequías.

Aplicamos

5 **COMPLETA Y REFLEXIONA** Copia estas frases y complétalas con las palabras **más** o **menos**. Añade dos ideas más.

- Para contaminar menos deberíamos usar ◆◆◆ los coches.
- Para producir menos gases contaminantes deberíamos usar ◆◆◆ el transporte público.
- Podríamos usar ◆◆◆ la bicicleta para contaminar menos.

La contaminación es un problema de todos.

G I 6 **BUSCA SOLUCIONES.** En equipo anotad tres cambios que podríamos hacer para mejorar el entorno. Luego escribid qué consecuencias puede tener cada cambio.

Ejemplo:
Cambio: usar más el transporte público.
Consecuencia: se contamina menos..

Cambios	Consecuencias
◆◆◆	◆◆◆
◆◆◆	◆◆◆
◆◆◆	◆◆◆

PÁRATE A PENSAR

Hasta ahora hemos estudiado la atmósfera y los fenómenos que se producen en ella, el tiempo atmosférico y el clima.

Antes de seguir, vamos a comprobar si hemos comprendido bien todo.

La atmósfera

1 **COMPLETA** el siguiente esquema en tu cuaderno con lo que has aprendido sobre la atmósfera, el tiempo y el clima.

2 **CUENTA** una experiencia en la que hayas vivido uno de los siguientes fenómenos atmosféricos:

El tiempo y el clima

3 **IDENTIFICA** los fenómenos atmosféricos de las fotografías.

a. ¿Qué fenómeno representa cada una?

b. ¿Cuál de ellos es típico de la zona climática fría? ¿Cuáles no se suelen producir en los desiertos de la zona climática cálida?

c. ¿Cuáles de ellos se producen en tu localidad?

d. ¿En qué zona climática vives?

4 **ORDENA** estos elementos en tu cuaderno según el orden en que se producen.

b. producimos gases contaminantes

d. inundaciones en las costas

a. subida del nivel del mar

c. calentamiento global

Presenta una predicción meteorológica

5 **BUSCA INFORMACIÓN** sobre el tiempo que va a hacer en tu localidad en los próximos días.

Puedes buscar en periódicos o en internet información sobre las temperaturas (si van a subir o a bajar) y sobre las posibles precipitaciones y vientos.

G〉I **6** **ESCRIBE** la predicción como la hacen los meteorólogos en televisión. Puedes dibujar un mapa con símbolos para explicar tu predicción.

7 **CUENTA** tu predicción a tus compañeros.

Nos activamos

1 **Observa** esta imagen de la Tierra vista desde el espacio. ¿Qué color predomina en el planeta?

2 **Recuerda** lo que sabes. ¿Por qué crees que a la Tierra la llamamos el planeta azul?

Comprendemos

La Tierra es conocida como el planeta azul porque su superficie está **cubierta en gran parte por agua**.

No toda el agua de la hidrosfera es igual. Los océanos y los mares contienen **agua salada**. Los ríos y los lagos son de **agua dulce**.

¿Qué es la hidrosfera?

La mayor parte de la superficie de la Tierra está ocupada por **acumulaciones de agua**: océanos, mares, ríos, pantanos, lagos, glaciares y aguas subterráneas. Esta **capa de agua** de la Tierra se llama **hidrosfera**.

¿Dónde está el agua del planeta?

El agua de la hidrosfera la encontramos en diferentes estados:

- La mayor parte del agua de la Tierra se encuentra en **estado líquido**, como en los mares y los ríos.

- En la atmósfera hay agua en **estado gaseoso**. Es el vapor de agua que forma las nubes.

- En las zonas más frías del planeta el agua está en **estado sólido**, como en la nieve o el hielo.

3 ¿Qué es la hidrosfera? Cita cuatro acumulaciones de agua.

¿En qué consiste el ciclo del agua?

El agua cambia de estado al circular por el planeta. Esta circulación se conoce como el **ciclo del agua**.

EL CICLO DEL AGUA

4 ¿Dónde encontramos agua líquida, agua sólida y vapor de agua en el ciclo del agua?

- La **hidrosfera** es la capa de agua que cubre parte de la superficie terrestre.
- El **agua en la Tierra** puede estar en **tres estados**: líquido, gaseoso o sólido. El agua circula en el **ciclo del agua**.

smMasSavia.com

Los pozos y la extracción de aguas subterráneas.

Aplicamos

5 **ANALIZA** estas fotos e indica a qué estado del agua corresponde cada una:

a

b

6 **RELACIONA** cada foto con un momento del ciclo del agua.

Nos activamos

1 **PIENSA**. ¿Has estado alguna vez en la playa? ¿Cómo es el agua del mar? ¿En qué se distingue del agua de los ríos?

¿Dónde crees que hay más agua, en los mares o en los ríos?

Comprendemos

Los mares y océanos contienen la mayor parte del agua del planeta. Los dos son grandes masas de agua, pero no son lo mismo.

Los océanos

Los océanos son **enormes extensiones de agua salada** que cubren gran parte de la superficie de la Tierra.

El océano de mayor tamaño es el **Pacífico.** Le siguen el **Atlántico** y el **Índico**. En las zonas polares están los océanos **Glacial Ártico** y **Glacial Antártico**.

Los mares

Los mares son también extensiones de agua salada. Pero son de **menor tamaño y menos profundos** que los océanos.

Al norte de España está el mar Cantábrico, y al este y al sur encontramos el mar Mediterráneo.

2 ¿Qué océano baña las costas de España?

Los ríos

Un río es una **corriente de agua dulce** que sigue un **cauce**. Los ríos desembocan en otro río, en un lago o en el mar.

cauce: camino por el que corre el agua de un río.

Las **partes del curso** de un río son:

3 ¿En qué parte del curso de un río crees que va más rápida el agua? Explica por qué.

- Los **océanos** cubren gran parte de la superficie del planeta. Los **mares** son extensiones de agua salada de menor tamaño.
- Los **ríos** son corrientes de agua dulce.

Aplicamos

4 **Diferencia** un océano de un mar.

5 **Busca información** sobre uno de los océanos del mundo y anota las ideas principales para preparar una exposición oral. Busca datos sobre los siguientes temas:

- Dónde se encuentra, qué continentes baña.
- Qué tamaño tiene.
- Qué islas y mares contiene.

6 **Escribe** un breve texto con esos datos.

7 **Explica** a tu compañero la información que has recogido, sin leerla. Pídele que tome nota sobre los datos principales. Luego él te explica a ti su exposición.

Los océanos son las mayores extensiones de agua del planeta.

Nos activamos

En casa de Ismael han cortado el agua. Hay sequía en la zona y no hay agua suficiente para todos.

smMasSavia.com
Medidas de ahorro de agua.

G I 1 **IMAGINA.** ¿Por qué crees que no hay agua para todos? Haz una lista de todas las posibles causas.

2 **CLASIFICA** las causas según sean naturales (producidas por la naturaleza) o humanas (producidas por las personas). ¿Cuáles de estas causas podemos solucionar las personas?

Comprendemos

La falta de lluvias es un problema que no podemos solucionar. Lo que sí podemos hacer es gastar menos agua.

El agua es un recurso escaso

El agua dulce es un elemento **esencial para la vida** y se utiliza en muchas **actividades humanas**:

- En **casa**, para beber, lavarnos, limpiar o cocinar.

- En la **agricultura** para regar los campos.

- En las **industrias**, para fabricar productos.

Las personas solo podemos aprovechar una parte del agua dulce del planeta. Por eso se dice que el agua es un **recurso escaso.** En lugares donde llueve poco, puede llegar a agotarse. Es la sequía. Por eso debemos **usarla de forma responsable**.

3 **Escribe las cosas que haces cada día con el agua.**

El agua es un **recurso escaso** del que tenemos que hacer un **uso responsable.**

Aplicamos

4 IMAGINA. ¿Cómo se puede ahorrar agua? Piensa en dos formas de ahorrar agua y compártelas con tus compañeros.

TRABAJAMOS LA COMPRENSIÓN LECTORA

I G Lee en pareja hasta donde te diga el profesor. Explica a tu compañero qué has entendido.

El agua, depuración y usos

Una forma de aprovechar el agua consiste en su depuración. Estos son los cambios del agua y sus usos en cada momento:

1. Cuando abrimos el grifo obtenemos **agua potable** que podemos beber o usar para lavar.

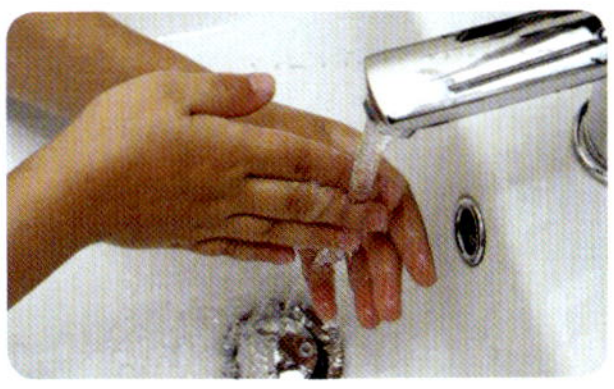

2. Después de usarla, el **agua sucia** se va por el desagüe. Luego va a la depuradora.

3. El agua **se depura** para limpiarla y que no llegue contaminada a los ríos y al mar.

4. El **agua depurada** ya no se puede beber. Solo se puede usar para regar o en la industria.

5 LOCALIZA EL TEMA. ¿De qué trata el texto, dónde lo dice?

6 RELACIONA PALABRAS. Indica cuál de estas palabras significa lo mismo que **aprovechar** en el texto.

A. Reutilizar B. Consumir C. Limpiar

7 BUSCA INFORMACIÓN. ¿Para qué se depura el agua?

A. Para beberla.

B. Para aprovecharla y que no llegue contaminada al mar.

C. Para lavar los cacharros de la cocina.

8 FÍJATE EN LA FORMA DEL TEXTO. ¿Para qué se utilizan las palabras en letra negrita en este texto?

A. No tienen ningún significado especial.

B. Para destacar los cambios en el agua.

C. Para ver el uso del agua.

Nos activamos

1 **IMAGINA** que empiezas a cavar para intentar llegar al centro de la Tierra. ¿Qué crees que encontrarías?

Comprendemos

En el interior de la Tierra encontramos rocas. A mucha profundidad las rocas están cada vez más calientes. Algunas tan calientes que se derriten como la lava de los volcanes.

La geosfera y los continentes

La **capa de rocas** de nuestro planeta se llama **geosfera**. Tiene **tres partes**: la **corteza** terrestre, el **manto** y el **núcleo**.

En la **corteza terrestre** se encuentran los **continentes** y las **islas**, que son extensiones de roca que sobresalen de la superficie de los océanos.

Bajo el agua de los océanos también hay tierra: la de los **fondos marinos**.

La Tierra tiene **seis continentes**.

Las partes de la geosfera

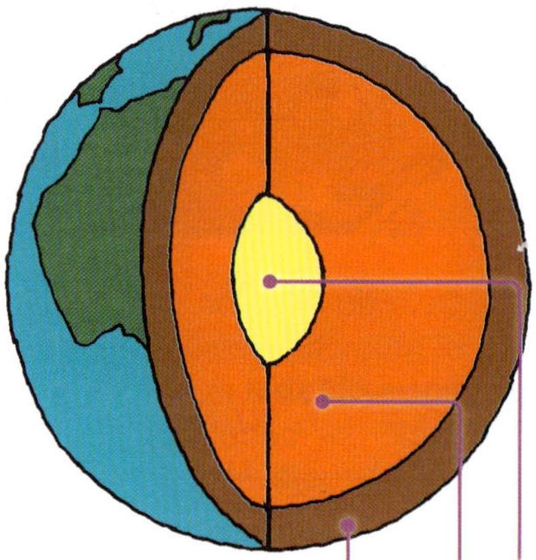

1. La **corteza terrestre** es la parte más **externa** y **delgada**. En ella vivimos las personas y muchos seres vivos.
2. El **manto** es una parte **intermedia**, la más **gruesa** de todas.
3. El **núcleo** es la parte **interior**. Es la más caliente.

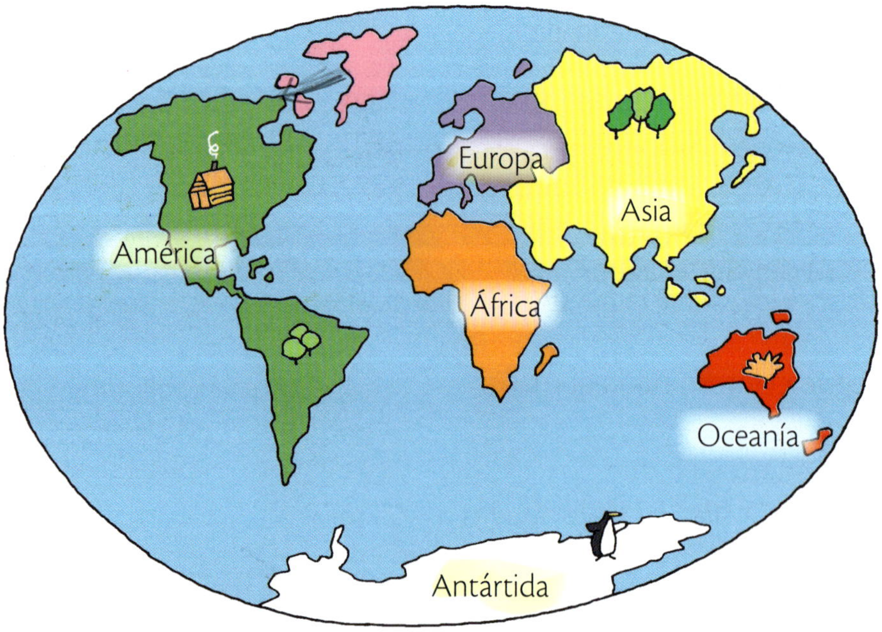

2 ¿La corteza terrestre cubre todo el planeta Tierra o solo donde hay continentes? Razona tu respuesta.

Las rocas y los minerales

La geosfera está compuesta de **rocas** y **minerales**. Las rocas son agrupaciones de minerales. Por ejemplo, el granito es una roca que está compuesta por tres minerales: cuarzo, feldespato y mica.

Los **minerales** son muy distintos entre sí y presentan diferentes formas, colores y brillos.

Las rocas y los minerales se pueden usar como **combustibles**, para **construir** edificios o para obtener **metales**, como el hierro.

Las tizas se fabrican a partir del mineral de yeso.

3 ¿Para qué se usan rocas como el mármol o la pizarra?

- La **geosfera** es la capa de **rocas** que forma la Tierra. Sus tres partes son la **corteza**, el **manto** y el **núcleo**.
- Los **continentes** son grandes extensiones de roca que sobresalen por encima del agua.
- Las **rocas** y los **minerales** se encuentran en la geosfera.

Taller — Aplicamos

4 **CREA** una geosfera de plastilina. Sigue estos pasos:

PASO 1. Modela una bola pequeña de plastilina amarilla. Esta bola representará el núcleo de la Tierra.

PASO 2. Cubre esa primera bola con una capa gruesa de plastilina naranja, que representará el manto.

PASO 3. Cubre la bola con plastilina azul y añade islas y continentes con plastilina verde o marrón.

5 **ANALIZA.** Con ayuda del profesor, corta la esfera en dos. ¿Qué ves? Anota en el cuaderno lo que has observado. Utiliza las palabras correctas. Por ejemplo, cuando hables de la bola amarilla utiliza la palabra **núcleo**.

COMPROBAMOS LO APRENDIDO

1 **ORGANIZA LA INFORMACIÓN.** Copia y completa este esquema en tu cuaderno.

2 **COMPLETA** esta tabla en tu cuaderno con la información que conoces.

Capas de la Tierra	◆◆◆	hidrosfera	◆◆◆
Formada por	aire	◆◆◆	◆◆◆

3 **COPIA** este dibujo en tu cuaderno y completa la información que falta.

1. Zona climática ◆◆◆.
Aquí están los ◆◆◆.

2. Zona climática ◆◆◆.
España está aquí.

3. Zona climática ◆◆◆.
Hay ◆◆◆ y selvas.

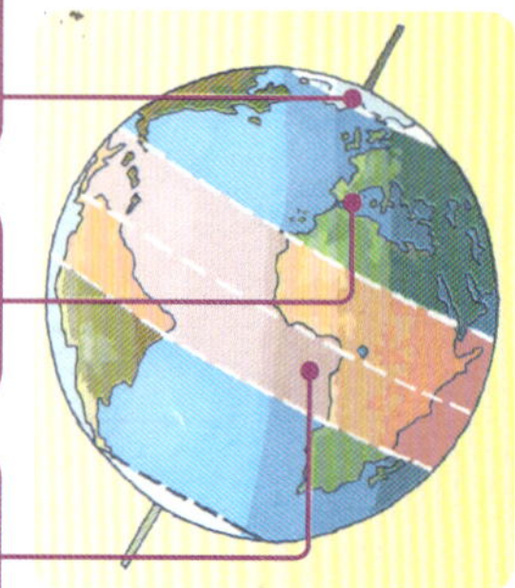

4 **EXPLICA** cuál es la causa en estas frases:

▸ **Ejemplo:** Los gases contaminantes causan un calentamiento global.
Causa: los gases contaminantes.

Ahora hazlo tú:

a. El uso de coches produce gases contaminantes.

b. El nivel del mar puede subir a causa del cambio climático.

c. La subida del nivel del mar provoca inundaciones.

d. A causa de la sequía hay poca agua para regar y para el consumo de las personas.

e. El cambio climático produce sequías.

5 **PREPARA LA TAREA.** En equipo, buscamos fotografías de ríos, lagos o mares de nuestra comunidad autónoma.

- Clasificamos las fotografías en tres grupos:
  1. Ríos y arroyos.
  2. Lagos y embalses.
  3. Océanos y mares.

Las guardamos para la tarea final.

6 **OBSERVA** esta imagen y anota en tu cuaderno las capas de la Tierra que se ven.

7 **REALIZA UN EXPERIMENTO.** ¿A dónde va el agua cuando se seca un río? Este experimento te ayudará a comprenderlo. ¡Vamos a representar un pequeño ciclo del agua!

Corta la botella y pon una capa de piedras y otra de arena seca.

Coloca un recipiente pequeño con un poco de agua sobre la arena.

Cubre todo con papel transparente, colócalo al sol y espera unos días.

a. Observa el agua del recipiente pequeño al cabo de dos días. ¿Hay más o menos líquido?

b. ¿Por qué hay gotas de agua en la botella? ¿Cómo está la arena de la superficie? ¿Qué crees que ha pasado?

Mi diario

1 Hoy he comprendido algo nuevo acerca del tiempo atmosférico, y es que...

2 He aprendido que el agua es un bien escaso y yo puedo hacer un uso responsable si...

3 Mi compañero... ha hecho... de forma diferente a mí. Él lo ha hecho de esta manera:...

4 Me he sentido... dentro de mi equipo, porque...

smMasSavia.com | Autoevaluación.

3

Los paisajes de la Tierra

Reconocer cómo son los paisajes de interior y de costa.

¿Qué diferencias hay entre un acantilado y una playa? ¿Qué es la falda de una montaña? ¿Pueden las personas cambiar un paisaje?

Comprender por qué cambia un paisaje y cómo podemos protegerlo.

¿Cómo te tienes que comportar en una excursión al campo?

smMasSavia.com

Lo que ya sé.

1 ¿Qué son los paisajes?

Nos activamos

1 **Recuerda lo que sabes.** ¿Qué ves en estos paisajes? ¿Qué elementos son naturales? ¿Cuáles son artificiales?

Comprendemos

Vemos elementos naturales, como las montañas, los bosques y los ríos, y elementos artificiales, como las casas y las carreteras.

¿Qué es un paisaje?

Un paisaje es una zona o terreno que observamos desde un lugar.

Los paisajes pueden estar formados por montañas y valles, ríos y mares, las construcciones de las personas, la fauna y la flora.

Los tipos de paisajes

Los paisajes se forman por los elementos naturales y las aportaciones humanas:

- Los **paisajes naturales** son aquellos que no han sido modificados por las personas. Están formados solo por **elementos naturales**, como la vegetación, las montañas y los ríos.
- Los **paisajes humanizados** son aquellos que han sido modificados por las personas. Tienen **elementos artificiales**, como los campos de cultivo, las carreteras o las casas.

Los paisajes humanizados

Los paisajes humanizados pueden ser **rurales**, si hay más elementos naturales que artificiales, como un pueblo de montaña.

También pueden ser **urbanos**, si abundan los elementos artificiales, como en una ciudad.

2 ¿Qué es un paisaje natural? ¿En qué se diferencia de un paisaje humanizado?

- Un **paisaje** es toda la extensión del terreno que podemos observar a nuestro alrededor.
- Los paisajes pueden ser **naturales** o **humanizados**. Los paisajes humanizados pueden ser **rurales** o **urbanos**.

smMasSavia.com

Paisaje rural y paisaje urbano.

Aplicamos

3 **OBSERVA** por la ventana y describe el paisaje que ves. ¿Es un paisaje natural o humanizado? ¿Por qué?

4 **ANALIZA** cómo se transforma un paisaje natural en uno humanizado. Comprueba tus respuestas con tu compañero.

1. Este **paisaje natural** está formado por montañas, un río, prados y bosque.

2. El camino y los cultivos son **cambios** en el paisaje que hacen las personas.

3. Los elementos artificiales que se añaden dan lugar a un **paisaje humanizado**.

a. ¿Hay elementos artificiales en la imagen 1?

b. ¿Qué elementos artificiales hay en la imagen 2?

c. ¿Hay elementos naturales en la imagen 3? ¿Cuáles?

5 **CREA** un paisaje humanizado y señala sus elementos.

Nos activamos

1 **RECUERDA** un paisaje natural cercano a ti y que conozcas. ¿Qué elementos lo forman? ¿Hay montañas? ¿Tiene playa?

2 **EXPLICA** cómo es ese paisaje y qué elementos naturales contiene.

Comprendemos

Las montañas, valles o playas son algunas de las formas de la corteza terrestre que componen el **relieve**.

El relieve en los paisajes de la costa

Los paisajes de costa son los que se encuentran **junto al mar**. En nuestro país hay muchos paisajes de costa. En ellos se observan los siguientes **elementos de relieve**:

El **fondo del mar** también tiene relieve: zonas llanas, elevaciones como montañas... ¡Incluso volcanes!

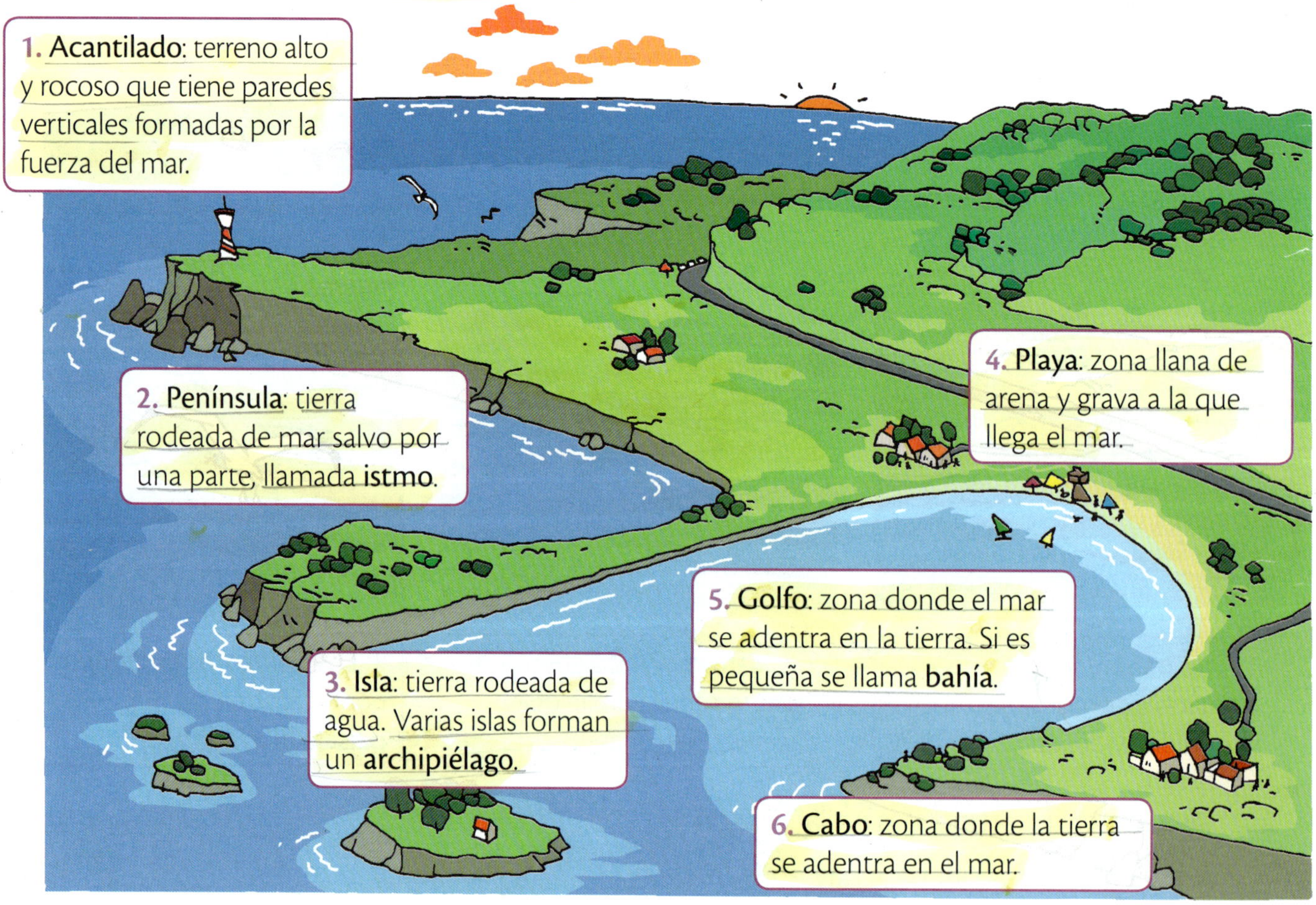

3 ¿Cuál es la diferencia entre una isla y una península? ¿Y entre un golfo y un cabo?

El relieve en los paisajes de interior

Las **zonas de interior** son las que están alejadas de la costa. Según los **elementos del relieve** hay **dos tipos**:

- **Relieves montañosos**: los forman las montañas, sierras y cordilleras.
- **Relieves de llanura**: los forman las zonas más llanas y con menor relieve.

En ambos tipos de relieves puede haber un **valle fluvial**.

valle fluvial: valle de un río.

4 ¿Cuál es la diferencia entre relieves montañosos y de llanura?

- El relieve en los **paisajes de costa** está formado por **playas, cabos, golfos**, etc.
- El relieve en los **paisajes de interior** está formado por **montañas, valles, mesetas**, etc.

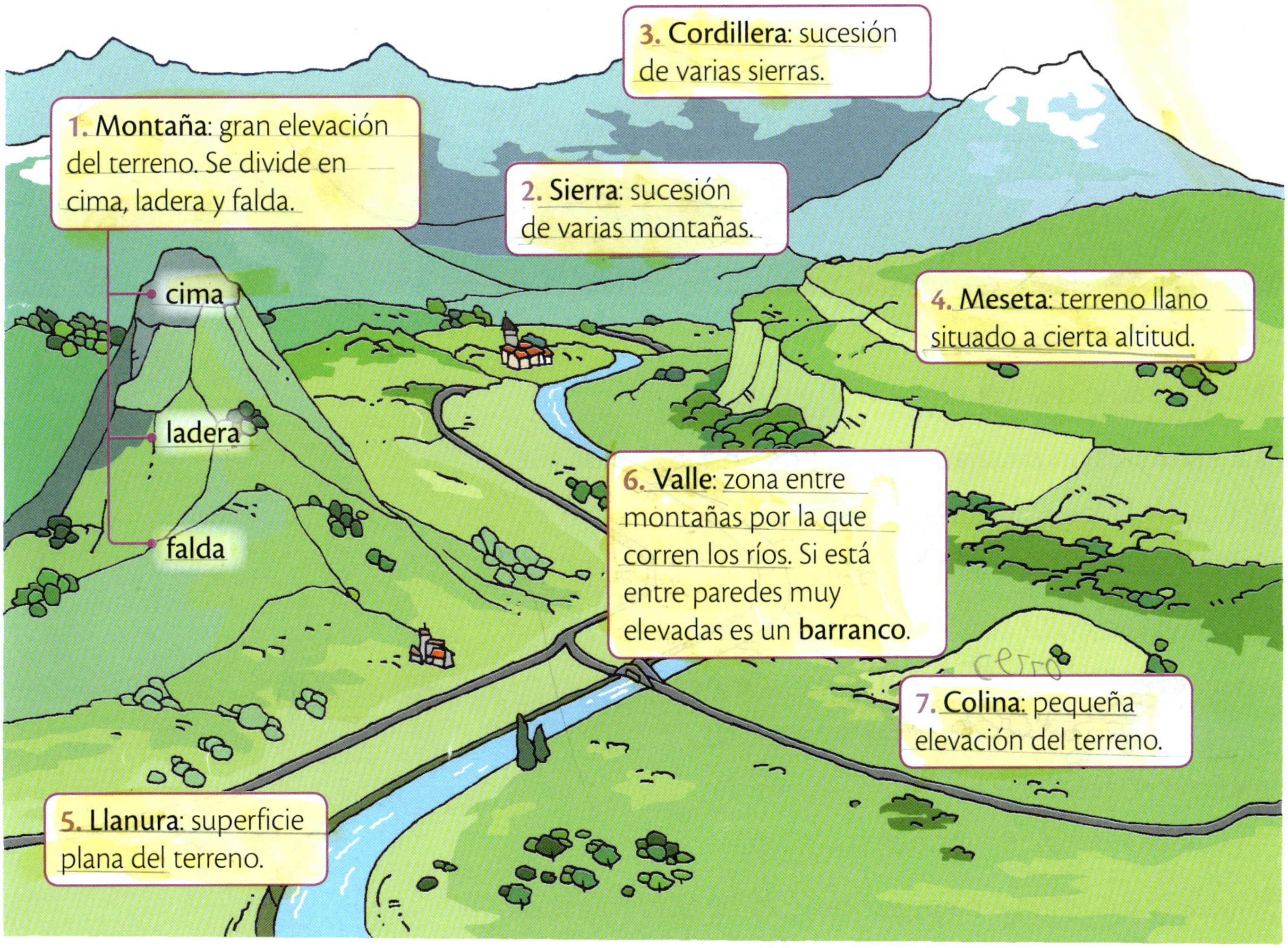

5 Explica qué son la cima, la ladera y la falda de una montaña. ¿Cuál es la diferencia entre una meseta y una llanura?

Aplicamos

Observa esta fotografía y responde a las preguntas.

Ribadesella, Asturias.

1. **DESCRIBE** lo que ves en esta fotografía.

2. **PIENSA.** ¿Es un paisaje natural o humanizado? ¿Por qué?

3. **ANALIZA.** ¿Qué elementos de relieve hay en la foto? Escribe en tu cuaderno los elementos de relieve que encuentres.

4. **COMPLETA** en tu cuaderno las siguientes frases:
   - Esta localidad tiene una gran ◆◆◆ de arena fina.
   - El ◆◆◆ divide en dos partes la localidad.
   - En el río hay unas pequeñas ◆◆◆ verdes.
   - Las ◆◆◆ del fondo forman una sierra.

5. **INVENTA** el paisaje para una película de aventuras. Dibuja en tu cuaderno ese paisaje con los siguientes elementos: valle, río, sierra, meseta y llanura. Redacta un breve argumento de la película.

Observa esta otra imagen y responde a las cuestiones.

Isla Grosa desde la Manga, Murcia.

G I **6** **COMENTA** con tus compañeros este paisaje. Pensad en los olores, sonidos, sensaciones, imágenes y sabores que os sugiere el paisaje. Luego, escribe en tu cuaderno las sensaciones personales que te inspira a ti el paisaje.

- El paisaje me huele a…
- El paisaje me suena a…
- El paisaje lo siento como…
- El paisaje lo veo como…
- El paisaje me sabe a…

7 **EXAMINA.** ¿Cuáles de estos elementos no están en la foto?

8 **RECUERDA LO QUE SABES.** ¿Qué ocurre con el fondo del mar en una playa cuando vas entrando en el mar?

9 **IMAGINA** que pudiésemos vaciar toda el agua del mar. ¿Qué pasaría con la isla de la fotografía?

A. Se iría con el agua.

B. La veríamos como una montaña o colina.

C. Se convertiría en una península.

10 smMasSavia.com | Analiza los elementos del relieve.

Nos activamos

1 **OBSERVA Y ANALIZA.** ¿Qué ves en la imagen de satélite?

- ¿Qué es lo que aparece en azul?
- ¿Dónde está la península Ibérica? ¿En qué continente?

Comprendemos

La península Ibérica está en el suroeste de Europa, cerca de África. Gran parte de España está en la península Ibérica.

El territorio y el relieve de España

La mayor parte del territorio de España está en la **península Ibérica**.

Parte de ese territorio está separado de otros por **barreras naturales**. Estas son las más destacadas:

EL RELIEVE ESPAÑOL

Montañas. La península Ibérica está unida a Europa por un istmo. En él están los Pirineos, que separan España y Francia.

Mares y océanos. La península Ibérica está rodeada por los mares Cantábrico y Mediterráneo y por el océano Atlántico.

Ríos. Los ríos Miño, Duero, Tajo y Guadiana separan España de Portugal en algunos de sus tramos.

JUCAR Y SEGURA.

Además, España está formada por:

- Importantes conjuntos de islas, como los **archipiélagos** de Baleares y de Canarias.
- Los territorios de Ceuta y Melilla en el **norte de África**.

2 ¿En qué océanos o mares están los archipiélagos españoles?

TRABAJAMOS LA COMPRENSIÓN LECTORA

3 **Localiza el tema.** ¿Qué has aprendido en la página de la izquierda?

4 **Relaciona palabras.** ¿Cómo se llama un grupo de islas?

5 **Relaciona significados.** ¿A qué palabra del texto corresponde esta definición del diccionario?

"Franja de tierra que une una península y un continente."

6 **Piensa en lo que dice el mapa.** Si quieres ir a Ceuta desde la península, ¿qué medio de transporte utilizarías?

7 **Piensa en lo que dice el mapa.** Las islas Canarias están dentro de un recuadro, y las Baleares no. ¿Por qué?

8 **Busca información** Relaciona en tu cuaderno cada nombre con el tipo de accidente geográfico:

Sierra Morena •	• Ríos
Ebro •	• Mares y océanos
Atlántico •	• Montañas

▶ El **territorio de España** se encuentra en la península Ibérica, Baleares, Canarias, Ceuta y Melilla.

Taller Aplicamos

9 **Analiza** el mapa. ¿Qué zonas son más altas, las verdes o las marrones? ¿Qué color se ve más en el mapa? ¿Qué elementos del relieve predominan en España?

Los **colores marrones** indican las zonas más elevadas. Son más oscuros en las montañas más altas.

Los **colores amarillos** señalan las zonas de llanura no demasiado elevadas.

Los **colores verdes** muestran las zonas costeras y los valles bajos de los ríos.

Nos activamos

1 **OBSERVA** estos dos paisajes.

• ¿Cuál es un paisaje natural y cuál es humanizado?

2 smMasSavia.com | Diferencia los paisajes naturales y los humanizados.

Comprendemos

Las personas a veces pueden cambiar los paisajes, pero la naturaleza también puede provocar cambios.

¿Por qué cambia un paisaje?

Los paisajes pueden sufrir **cambios de dos tipos**:

• Causados **por la naturaleza**, como las nevadas. Son repentinos y es difícil controlarlos.

• Causados **por las personas**, como cultivar una tierra o construir una carretera.

3 **Clasifica estos cambios en naturales o artificiales.**

A. Construcción de un puente.
B. Sequía.
C. Inundación por lluvia.
D. Contaminación.

¿Qué daña el medio natural?

Alguna actividades humanas **deterioran** los paisajes y el medio, como la contaminación del **aire** con el humo de los coches y las fábricas, el vertido de basura al **agua** de los ríos o del mar, y el exceso de construcciones y cultivos en el **suelo**.

Para **evitarlo**, debemos seguir **normas** para cuidar el entorno.

deterioran: estropean o dañan.

4 ¿Quién produce los daños que se muestran en el dibujo, las personas o la naturaleza?

▶ Los **cambios** en los paisajes pueden estar causados por la **naturaleza** o por las **personas**. Debemos **evitar dañar el paisaje**.

Aplicamos

I G 5 **PREPARA LA TAREA.** Escribe una serie de normas para evitar los daños al paisaje. Puedes ayudarte con el dibujo superior.

- Explica tu lista de normas a tu compañero. Llega a un acuerdo con él sobre las 3 normas más necesarias. Escribidlas en una lista. Guardad esa lista para la tarea final.

Nos activamos

1 DECIDE cuál de estas acciones ayuda a proteger los paisajes naturales.

2 PIENSA. ¿Qué puedes hacer tú para proteger la naturaleza?

Comprendemos

Todos podemos ayudar a proteger los paisajes y la naturaleza.

Los espacios naturales protegidos

Para cuidar los paisajes naturales de mayor valor, y a los animales y plantas que viven en ellos, algunos **espacios naturales** se han **protegido**. En España los principales son los **parques nacionales**. Algunos de estos son:

Parque nacional de Picos de Europa, en Asturias, Cantabria y Castilla y León.

Parque nacional de Doñana, en Andalucía.

Parque nacional de Cabañeros, en Castilla-La Mancha.

3 ¿Con qué fin se han creado los espacios protegidos? ¿Qué tipo de relieve ves en cada uno de estos parques? ¿Cuál parece humanizado? ¿Es rural o urbano?

La protección de la naturaleza

Nosotros también podemos ayudar a proteger la naturaleza. Por ejemplo, cuando compres algo, piensa si estás haciendo un **consumo responsable**. Hacer un consumo responsable quiere decir comprar lo necesario, contaminar poco, reutilizar lo que se pueda y, en general, no malgastar.

Recuerda la **norma de las tres erres**: reducir, reciclar, reutilizar.

Apagar la luz es **reducir**.

Heredar juguetes es **reutilizar**.

Hacer disfraces con retales es **reciclar**.

4 ¿Qué es el consumo responsable?

- Los **espacios protegidos** defienden la naturaleza.
- El **consumo responsable** significa consumir lo necesario, reutilizar objetos y materiales y no malgastar.

Aplicamos

5 **Organiza** una fiesta de cumpleaños teniendo en cuenta la norma de las tres erres. Piensa las respuestas en equipo y explicad en cada caso cuál de las tres erres aplicáis.

a. ¿Qué tipo platos y vasos deberíamos usar? ¿Qué haremos con ellos después de la fiesta?

b. ¿Cómo podríamos hacer los disfraces?

c. ¿Cómo decoraríamos la fiesta?

d. ¿Qué tipo de regalos se podrían hacer?

6 **Consulta** tu **Atlas.** En él encontrarás más información sobre los espacios protegidos de tu comunidad autónoma. ¿Cuál es el más cercano a tu localidad? ¿Qué tipo de espacios protegidos hay en tu comunidad?

COMPROBAMOS LO APRENDIDO

1 ORGANIZA LA INFORMACIÓN. Copia y completa este esquema en tu cuaderno.

LOS PAISAJES

- **según el relieve**
  - de costa

    - acantilados, ◆◆◆, islas, ◆◆◆, cabos y playas.
  - de interior

    - montañas, sierras, ◆◆◆, mesetas, ◆◆◆, valles y colinas.
- **pueden ser**
  - naturales
    - formados por → elementos solo ◆◆◆
    - los protegemos mediante → espacios ◆◆◆ consumo ◆◆◆
  - humanizados
    - tienen → elementos ◆◆◆

- **pueden cambiar por**
  - la naturaleza
  - las ◆◆◆

2 RELACIONA estas imágenes con el esquema. ¿En qué lugar del esquema las situarías?

3 LOCALIZA los elementos del relieve que se ven en cada una de las fotografías anteriores.

4 SEÑALA en tu cuaderno si estos cambios en un paisaje son de origen natural o artificial.

a. Se construye una carretera.

b. Llega el otoño y los árboles pierden sus hojas.

c. Llueve mucho y se desborda el agua de un río.

d. Los agricultores siembran los campos.

e. La falta de lluvias hace que un río se seque.

5 IMAGINA otros dos cambios en el paisaje, distintos de los anteriores, que sean de origen natural. Escribe también otros dos que sean de origen artificial.

6 **Observa** esta imagen y señala qué elementos de paisaje natural ves. Señala también los elementos artificiales.

7 **Recuerda lo que sabes.** ¿Qué mares y océanos son barreras naturales del territorio español?

Por el norte, el mar ◆◆◆

Por el oeste, el océano ◆◆◆

Por el este, el mar ◆◆◆

8 **Piensa.** ¿Qué puede contaminar el paisaje de tu localidad? Cita tres ejemplos.

9 **Nombra** en tu cuaderno los elementos del relieve de costa señalados en este dibujo.

10 **Encuentra** en las cajas tres elementos del relieve de interior y defínelos.

montaña | valle | isla | meseta | playa | golfo

Mi diario

1 Lo que no sabía de los paisajes es… y saberlo me sirve para…

2 Para proteger la naturaleza, me ha ayudado saber que yo puedo…

3 ¿Qué me ha costado más aprender sobre los paisajes?

4 ¿Me he puesto nervioso en algún momento? Intento pensar por qué.

5 Me ha costado hacer… y me he sentido…

smMasSavia.com | Autoevaluación.

MEJORA TU ENTORNO

En nuestra comunidad autónoma encontramos paisajes naturales muy distintos. Pero la acción humana a veces los pone en peligro.

Vamos a inventar una campaña de publicidad para protegerlos.

¿Cómo son los paisajes de nuestra comunidad?

Buscamos información sobre los paisajes de nuestra comunidad. ¿Cuáles son? ¿Cómo son?

PASO 1 **ORGANIZAMOS EL TRABAJO.**

1. Recuperamos los dibujos y las fotografías que tenemos de las unidades 1 y 2 (en páginas 27 y 47). Seleccionamos los paisajes naturales.

2. Juntamos los dibujos y las fotos de los paisajes. Añadimos las normas para protegerlos que trabajamos en la unidad 3 (en página 57).

TAREA FINAL

Inventamos un anuncio para proteger nuestros paisajes

PASO 2

CREAMOS UN ANUNCIO. Juntos, elaboramos un anuncio con las fotos y los dibujos que tenemos. Añadimos las normas para proteger nuestros paisajes naturales. Y lo decoramos con dibujos.

PISTAS

En el anuncio hay que explicar:

1) Cuáles son los principales paisajes.

2) Por qué es importante proteger los paisajes naturales.

3) Qué podemos hacer todos para protegerlos.

PASO 3

MOSTRAMOS NUESTRO ANUNCIO.

Podemos ponerlo en nuestra clase o pedir permiso para colocarlo en un pasillo. Así, todos en nuestro colegio conocerán los paisajes y aprenderán a protegerlos.

Mi diario

1. He comprendido cómo puedo aplicar...
2. ¿Qué parte de la tarea me ha costado más hacer?
3. Trabajando en grupo me he sentido... porque...

¿QUÉ SABÍA, QUÉ SÉ?

Repasa lo que has aprendido en las unidades con la ayuda de este esquema.

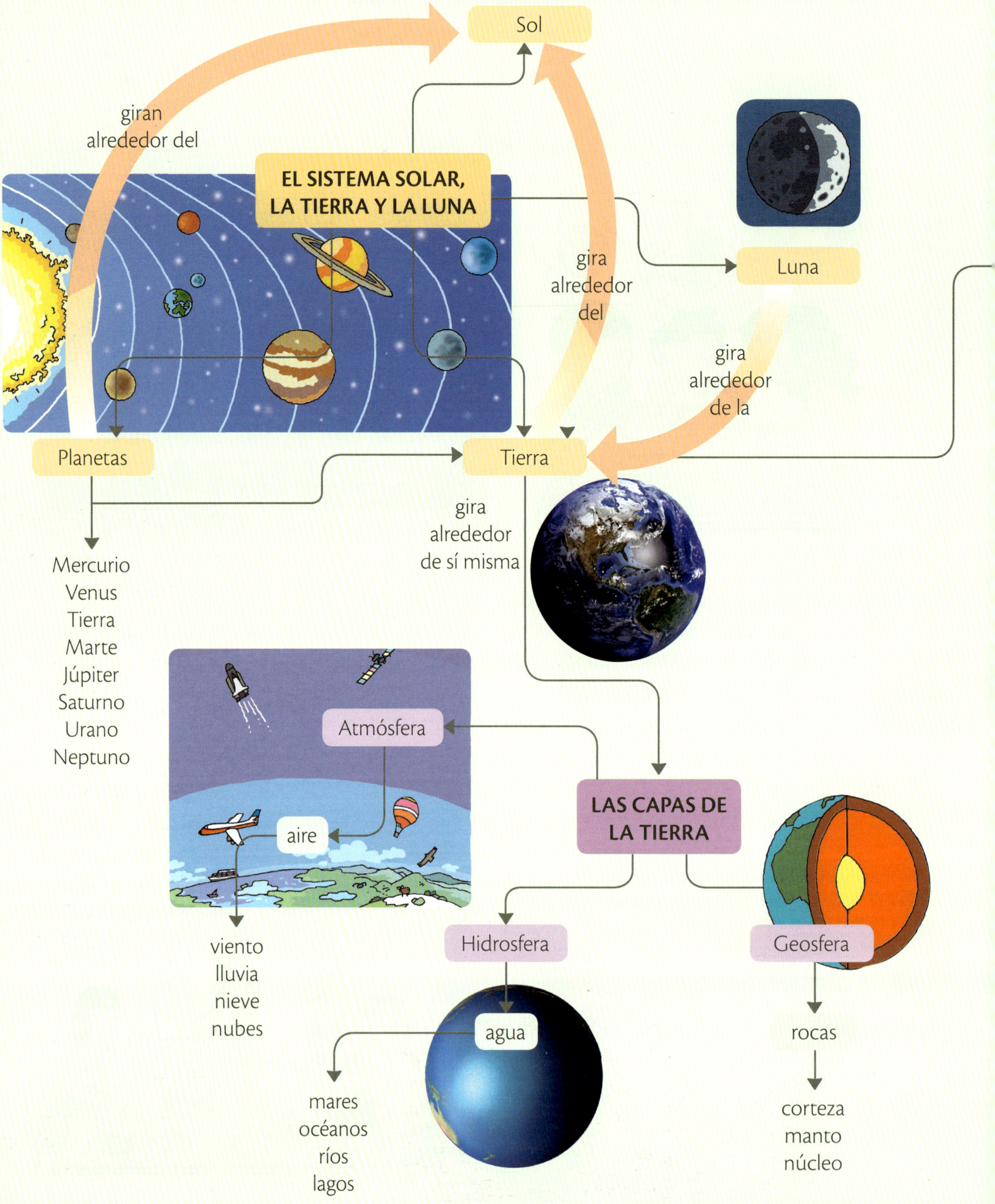

acantilados
playas
islas
cabos
golfos

de costa

montañas
valles
llanuras
mesetas
colinas

de interior

LOS PAISAJES

naturales

humanizados

solo elementos naturales

se transforman por acción de las personas

elementos naturales y artificiales

pueden dañar los paisajes

contaminación

El mundo en que vivimos

1. ¿Qué efecto produce el movimiento de rotación de la Tierra?
   A. Las estaciones.
   B. Los días y las noches.
   C. Las nubes y la lluvia.
   D. La contaminación.

2. ¿Cuáles de los siguientes elementos corresponden a la hidrosfera?
   A. El viento y la corteza.
   B. El aire y las rocas.
   C. Los ríos y los mares.
   D. Los paisajes naturales.

3. Piensa en un paisaje humanizado de costa.
   - Explica qué elementos naturales y artificiales contiene. ¿Qué capas de la Tierra son visibles?
   - ¿Cómo le afecta la Luna? ¿Y los movimientos de la Tierra?

4. Analiza dónde vives.
   - ¿En qué capa de la Tierra vives? ¿Qué otras capas tienes cerca?
   - ¿Cómo es el paisaje en el que vives, natural o humanizado?
   - ¿Qué te gusta más del paisaje en el que vives? ¿Y qué te gusta menos?

ISMAEL TE CUENTA

¿Esquí en verano?

Hace dos millones de años la Tierra sufrió un enfriamiento tan fuerte que dejó de tener estaciones del año. Solo había invierno y nunca llovía, siempre nevaba. ¡Era la Edad de Hielo!

Los Alpes son las montañas más altas de Europa. Tienen hielo durante todo el año. ¡Hasta se puede esquiar en verano!

En los puntos más alejados del ecuador hay hielo todo el año. ¿Cómo se llaman esos puntos?

Una nevera solar

Los pueblos antiguos se dieron cuenta de que el Sol no solo iluminaba, sino que también secaba. Pronto aprendieron a secar el pescado al sol y ¡descubrieron que así se conservaba durante años! Esta nevera de calor la siguen usando en algunos países.

¿Qué es el Sol?

¿Para qué secaban el pescado?

¿Un trozo de la Tierra?

Algunos científicos creen que, hace millones de años, un meteorito impactó contra la Tierra y un trozo de nuestro planeta salió despedido.

Ese trozo de planeta se alejó poco a poco y se convirtió en nuestro satélite, la Luna. Desde entonces, la Luna se aleja lentamente de nosotros.

¿Qué es un satélite?

Planet 51

En la película animada *Planet 51* un astronauta llega a un planeta desconocido que tiene una atmósfera como la de la Tierra.

¿Sabes si el Planeta 51 está en nuestro sistema solar?

¡El volcán más alto!

El pico más alto de España es el Teide.

Pero no es una montaña cualquiera:

- Está en una isla, en Tenerife, Canarias.
- Es una montaña, ¡pero también un volcán!
- Sobresale más de 3700 metros sobre el mar. Por eso hay nieve en su cumbre.
- Mide el doble de lo que vemos, porque la mitad del volcán está bajo el océano.
- Está en un gran parque nacional.

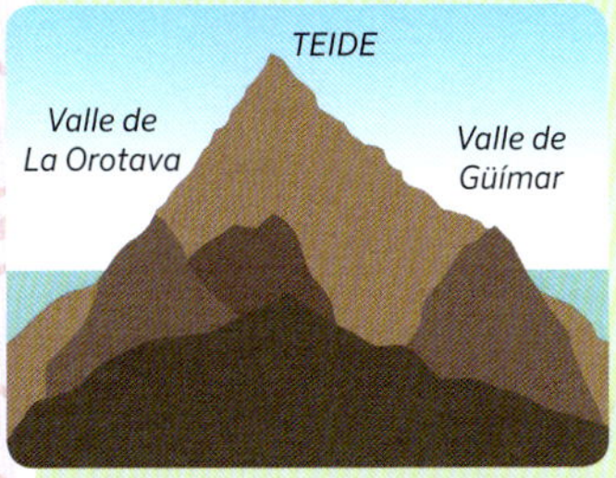

¿Qué es una isla? ¿Qué es un océano? ¿Qué es un parque nacional?

¡Carreteras imposibles!

En el mundo hay paisajes tan peligrosos que las personas no pueden ni construir carreteras.

En los grandes desiertos de África, por ejemplo, el viento es tan fuerte que la arena enterraría las carreteras cada día.

En las cordilleras más altas del mundo hay demasiada pendiente, nieve y hielo. ¡Sería demasiado peligroso conducir por ellas!

¿Crees que se puede vivir en un lugar sin carreteras? ¿Por qué? ¿Conoces alguno?

Madagascar

Los animales de la película *Madagascar* huyen de un zoo en América del Norte y viajan a África.

¿Qué océano tienen que atravesar?

¡Menuda tormenta!

Cuando el vapor de agua se enfría muy deprisa, se forman enormes tormentas y las gotas de agua se congelan y caen convertidas en bolas de hielo desde el cielo. Es el granizo.

A veces, las bolas de granizo son tan grandes que tienen el tamaño de una pelota de tenis. Al caer, destrozan los coches y los cristales de las casas.

¿Dónde se produce el granizo?

Vivir en sociedad

Unidad 4
Mi vida con los demás

TAREA FINAL
Mejora tu clase

¿Qué sabía, qué sé?

Ismael te cuenta

1 ¡Atención a la señal!

¿Te has encontrado alguna vez con estas señales? ¡Alguna es un poco rara! ¿Qué significa cada una? ¿Te parece importante respetarlas todas? ¿Por qué?

2 ¡Sabes más de lo que crees!

En tu día a día, te relacionas con muchas personas. Las más cercanas viven contigo, en tu **casa**. Con otras te relacionas en el **colegio** y en el **barrio**. Y todos convivís con la gente de otros barrios en tu **pueblo o ciudad**.

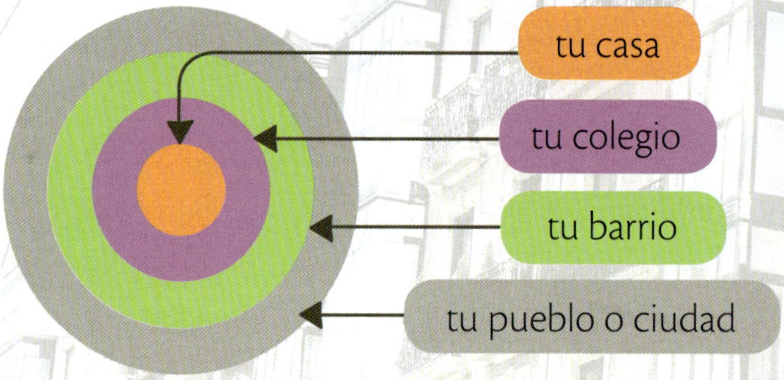

- Observa la calle y busca gente que se esté relacionando en su casa, en el colegio, en el barrio y en la ciudad.
- Señala en la imagen las profesiones que encuentres.

3 Sigue haciéndote preguntas

- ¿Con cuánta gente te relacionas durante todo el día? ¿Te llevas bien con todo el mundo?
- ¿Sería tu vida muy diferente si vivieras en otro pueblo o en otra ciudad?

TAREA FINAL

Mejora tu clase

Elegiréis a un delegado de clase y votaréis unas normas.

4 Mi vida con los demás

Aprender a ser buenos ciudadanos.

¿Por qué tienes que cumplir unas normas? ¿Cómo funciona el municipio en el que vives?

Conocer los trabajos de mis vecinos.

¿Cómo llega a tus manos una bolsa de palomitas? ¿Es necesario comprar cualquier cosa que veas en un anuncio?

smMasSavia.com

Lo que ya sé.

1 Mi familia y mi colegio

Nos activamos

G I **1** **Prepara la tarea.** Inventa con tu equipo una norma para el colegio. Represéntala en forma de señal. ¿Beneficia a todos?

Comprendemos

Algunas normas sirven para vivir mejor con los demás. Son las **normas de convivencia**. Por ejemplo, correr por el pasillo puede provocar accidentes. ¡Es mejor que no se pueda!

Derechos y obligaciones

Todos tenemos **derechos** y **obligaciones**. Por ejemplo, tenemos derecho a un hogar y la obligación de respetar a quien vive con nosotros.

Las normas de convivencia nos exigen cumplir nuestras **obligaciones** hacia los demás y respetar sus **derechos**.

Empezamos a convivir

Todos los niños y las niñas tienen **derecho** a recibir cariño. Las madres, los padres, los tutores, los hermanos y todos los que viven con nosotros y nos quieren son nuestra **familia**.

La familia nos enseña **las primeras normas para convivir**. En casa aprendemos lo que está **bien** y lo que está **mal** y a cumplir nuestras **obligaciones**, como ayudar en las tareas.

2 ¿Qué tareas domésticas puedes hacer tú solo? ¿En cuáles puedes ayudar?

Las normas en el colegio

Todos los niños y las niñas tienen **derecho** a recibir una **educación** y a ir al **colegio**. También tienen que cumplir con sus **obligaciones**, como **respetar** a los profesores, compañeros y trabajadores, **cuidar** el material, **compartir** y **esforzarse** en clase.

Así convivimos en el colegio

1. Las **madres** y los **padres** ayudan con los deberes, asisten a tutorías y participan en actividades de la escuela.

2. Los **profesores** enseñan. El **personal** del colegio vigila, limpia y organiza el centro. Su trabajo es muy necesario.

3. Los **alumnos** deben trabajar y ser puntuales, respetar a los profesores, compañeros y personal y cuidar el centro.

3 ¿Qué obligaciones tienes tú en el colegio?

- Las **normas** son reglas para poder convivir. Aprendemos las primeras normas de convivencia en **casa** y el **colegio**.
- Todos tenemos **derechos** y también **obligaciones**.

Aplicamos

En 1800 unos cazadores franceses encontraron a un niño de unos 12 años en Aveyron. Había vivido solo en el bosque. Comía frutos y raíces y corría a cuatro patas. No hablaba ni confiaba en ningún ser humano.

4 **HAZ UNA LISTA** con las cosas que has aprendido desde pequeño. ¿Cuáles de ellas has aprendido con ayuda?

5 **IMAGINA.** El niño se quedó a vivir con una familia cuando lo encontraron. ¿Cuál crees que fue su reacción la primera vez que alguien le habló? ¿Y la primera vez que vio una ciudad?

Nos activamos

1 **PREGÚNTATE** sobre los elementos urbanos de las fotografías. ¿Están en todas las localidades? Elige uno de los que puedas encontrar en tu entorno. ¿Qué pasaría si no lo hubiera en tu localidad? ¿A quién perjudicaría esto?

Comprendemos

Tu **localidad** es donde está tu casa y la de tus vecinos. Si es un pueblo muy pequeño a lo mejor no tiene semáforos. Y solo si es una ciudad muy grande tendrá metro. Seguro que sabes si vives en un pueblo o una ciudad. Pero ¿sabes en qué se diferencian?

¿Vives en un pueblo o una ciudad?

Para distinguir un **pueblo** de una **ciudad** fíjate en estos rasgos:

Pueblo
- Menos de 10000 habitantes
- Casas bajas y distancias cortas
- Pocos coches
- Pequeños comercios e industrias
- Pocos cines, hospitales y museos

Ciudad
- Miles o millones de habitantes
- Edificios altos y avenidas anchas
- Largas distancias, mucho tráfico y diferentes medios de transporte
- Museos, oficinas y aeropuertos

2 ¿Qué rasgos tiene tu localidad? ¿Es un pueblo o una ciudad?

¿Cómo ser un buen ciudadano?

En tu pueblo o ciudad convives con otras personas. Por eso, hay unas **normas de convivencia** que debes cumplir. Para ser un **buen ciudadano** hay que:

- **Respetar** las normas de **seguridad vial**, como las señales de tráfico.
- **Respetar a los vecinos** y a los peatones.
- **Cuidar los espacios públicos** como las calles, los edificios, los jardines y el transporte público.

Gracias a un tranporte público como el autobús podemos desplazarnos con más rapidez.

3 **¿Qué normas hay que cumplir para respetar a los vecinos?**

4 **¿Cómo debes actuar cuando usas el transporte público?**

> ▶ La **localidad** es el entorno de nuestro hogar y el de nuestros **vecinos**. Puede ser un **pueblo** o una **ciudad**.
>
> ▶ En nuestra localidad hay **normas de convivencia**.

En España convivimos personas de diferentes **culturas** y **lenguas**, y todas somos igual de importantes.

Taller — Aplicamos

I G **5** **CREA** un código de circulación. Cuando circulas con la bicicleta, con los patines o andando, ¿sabes qué normas debes cumplir? ¡Apréndelas y crea en equipo un código de circulación!

Paso 1. Dos de vosotros dibujáis y explicáis a los demás algunas señales de tráfico que conozcáis. Las hay de obligación, peligro, prohibición e indicación.

Paso 2. El tercer miembro del equipo hace el código para peatones. Puede usar el modelo y completarlo.

Paso 3. El cuarto miembro del equipo hace las normas para ciclistas.

6 **EXAMINA** a los miembros de tu equipo sobre tu parte del código de circulación.

7 **ANALIZA** vuestro código. ¿Sirve para pueblos y ciudades? ¿Por qué?

Nos activamos

1 **Describe.** Cierra los ojos y haz un recorrido mental en bicicleta por tu localidad. Imagina que atraviesas calles, plazas y puentes. ¡No te choques con nadie! ¿Son todas las calles igual de anchas? Y las casas ¿son todas igual de nuevas?

2 **Dibuja** la calle más ancha que recuerdes y la más estrecha. Dibuja también la casa más nueva y la más antigua.

Comprendemos

Las agrupaciones de casas de una localidad se organizan en **barrios**, que son esas zonas que has recorrido mentalmente. Los barrios del centro son distintos de los de las afueras.

¿Vivo en el centro o en las afueras?

- En el **centro** hay dos tipos de barrios: el **casco antiguo**, que es la parte más vieja, y los **barrios céntricos**, que están alrededor de él. El **ayuntamiento** suele estar en el casco antiguo.
- Las **afueras** son barrios **alejados del centro**, unidos a él con carreteras o trenes. Son **residenciales**, **industriales** o **rurales**.

3 ¿Dónde está tu casa, en el centro o en las afueras?

¿Cómo funciona mi municipio?

Un **municipio** está formado por una o varias localidades.

En un municipio, el **ayuntamiento** organiza los **servicios públicos** que facilitan la vida de los vecinos, como la limpieza. Además, **vigila** para que se cumplan las normas de convivencia.

El **alcalde** o la **alcaldesa** dirige el ayuntamiento con la ayuda de los **concejales**.

Los ciudadanos pagamos los servicios municipales como la policía, la limpieza o los colegios. Los pagamos a través de unas aportaciones económicas que se llaman **impuestos**.

4 ¿De qué se encarga el ayuntamiento de un municipio?

- Las localidades se dividen en **barrios céntricos** y barrios de las **afueras**.
- Una o varias localidades forman un **municipio**. El **ayuntamiento** lo gobierna y organiza los **servicios públicos**.

smMasSavia.com

Dónde está tu localidad.

Aplicamos

5 **IDENTIFICA** los servicios públicos que usáis en tu familia. ¿Por qué son importantes? ¿Qué servicios te gustaría tener que no hay en tu municipio?

6 **INVESTIGA.** ¿Quién es el alcalde o la alcaldesa del municipio en el que vives? ¿Desde cuándo? ¿A qué partido político pertenece?

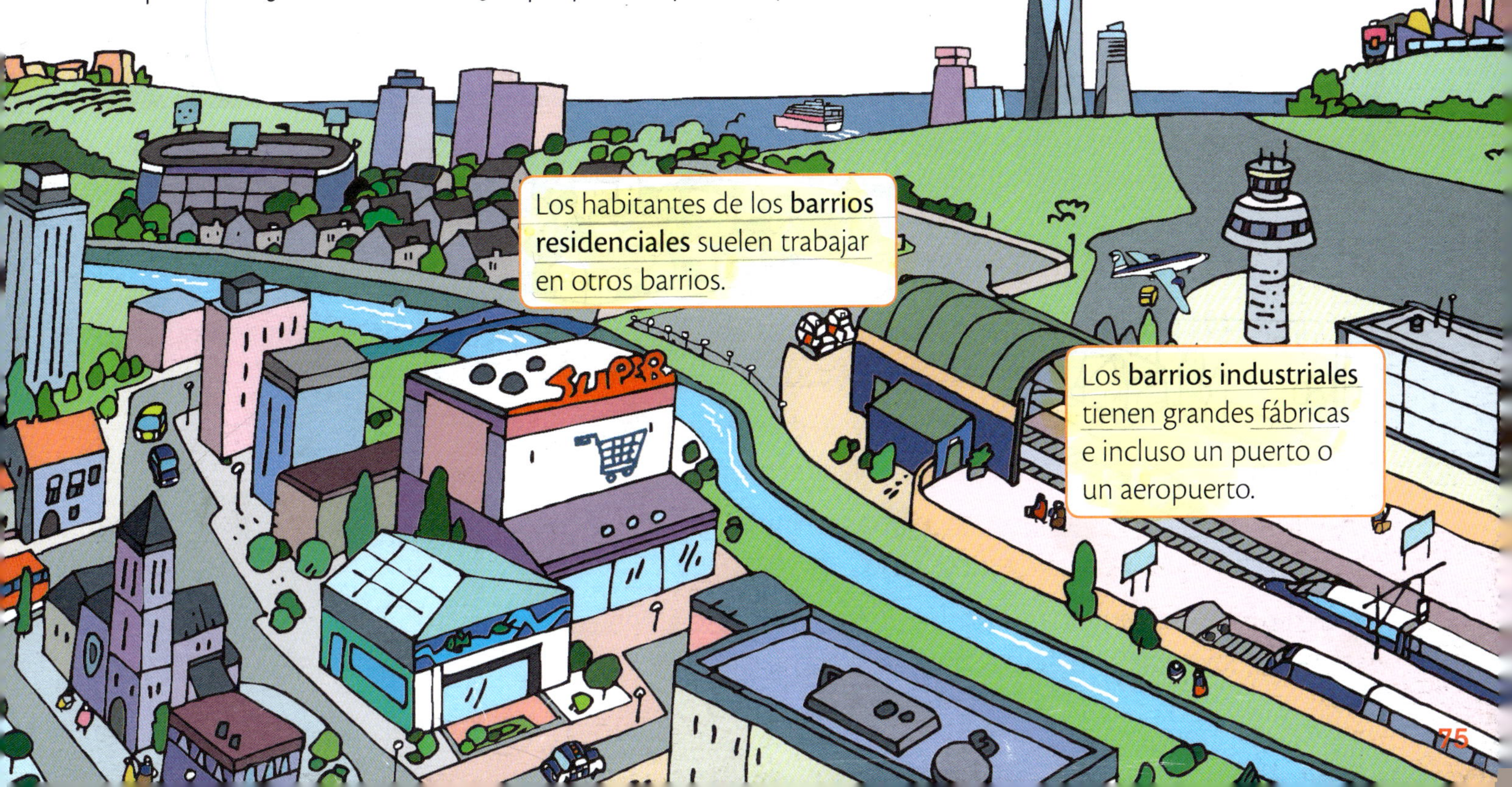

4 La población del mundo

Nos activamos

En equipos, imaginad que vais a crear un pueblo. El territorio del pueblo será tan grande como el aula. Vosotros y vuestras familias viviréis en él. ¡Ponedle un nombre original!

1 **CALCULA.** ¿Cuántos habitantes tendrá el pueblo? ¿Habrá espacio suficiente o viviréis muy apretados?

Comprendemos

La **demografía** es una ciencia que estudia la población. Hoy, la **población mundial** es de 7000 millones de habitantes. ¡Cuánta gente!

año 2022 8000 millones aprox

La **población** es el **número de habitantes** de un lugar. En vuestro pueblo, si sois muchos habitantes, el territorio estará muy poblado y viviréis apretados. Si sois pocos, tendréis más espacio.

La densidad de la población

La **densidad de la población** depende del número de personas que viven en un territorio determinado.

Si en un territorio pequeño vive mucha gente, la **densidad** es **alta**, como en las **ciudades**.

Si en un territorio grande viven pocos habitantes, la **densidad** es **baja**, como en los **pueblos**.

La distribución de la población

Hay lugares del planeta que están muy poblados. En otros, viven pocas personas. La **distribución de la población** depende de:

- **El relieve.** La mayoría de la población vive en **zonas llanas**. En ellas puede cultivar y criar ganado, y es fácil construir ciudades.
- **El clima.** Las personas buscan **climas templados**, alejados del frío polar y del calor del desierto.
- **El agua.** Es importante para la población tener acceso al agua de los **ríos**, para beber y regar, o al **mar**, para comerciar o pescar.

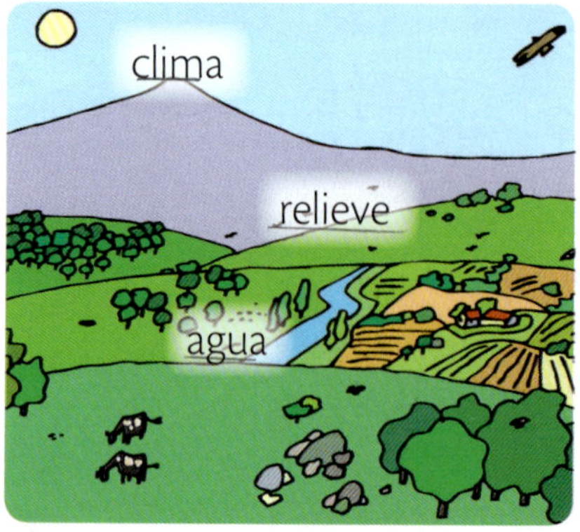

Crecimiento natural

Cada día o cada año, hay gente que nace o que muere en un lugar. La diferencia entre el número de nacimientos y el de muertes en ese período es el **crecimiento natural** de un lugar.

NATALIDAD – MORTALIDAD = CRECIMIENTO NATURAL (CN)

Si hay más fallecimientos que nacimientos, **la población puede reducirse**. Sucede cuando nacen pocos niños o hay guerras.

2 Si cada minuto nacen 250 bebés en el mundo y fallecen 100 personas. ¿Cuál es el crecimiento natural por minuto?

Crecimiento real

Los **inmigrantes** son las personas que vienen a vivir a nuestra localidad o país. Buscan trabajo, protección o una nueva vida. Su llegada aumenta la población del lugar.

Los **emigrantes** son aquellos que se van a vivir a otra localidad o país. Su marcha reduce la población de la zona que dejan.

Para calcular el **crecimiento real** de la población sumamos al crecimiento natural el número de inmigrantes y le restamos el número de emigrantes.

CN + INMIGRACIÓN - EMIGRACIÓN = CRECIMIENTO REAL

3 ¿Hay en tu familia algún emigrante? ¿Y algún inmigrante?

- La **densidad de población** depende del número de personas que viven en un territorio determinado.
- Calculamos el **crecimiento real** de la población con el **crecimiento natural** y los **movimientos migratorios**.

Aplicamos

4 **ANALIZA** tu localidad con tu compañero. ¿Qué relieve tiene? ¿Qué clima? ¿Está cerca de un río o del mar?

5 **PONTE EN SU LUGAR.** Entrevista a algún inmigrante y escribe su historia en tu cuaderno. ¿Qué tendría que pasar para que tuvieras que emigrar? ¿Sería difícil para ti?

PÁRATE A PENSAR

Has visto qué son las normas y dónde las aprendes. También has estudiado cómo funciona un municipio y cómo cambia la población. Comprueba lo que has aprendido con estas actividades.

La vida en el aula

En el aula hay cosas que parecen no tener dueño: la pizarra, las mesas o las sillas. En realidad, sí lo tienen: ¡todos nosotros!

1 **PREPARA LA TAREA.** Haced los equipos de la actividad 1 de la página 70. Vais a crear una norma estrella para respetar el espacio común. En la tarea final la presentaréis al resto de la clase.

Paso 1. Piensa una norma.

Paso 2. Cada miembro del grupo explica a sus compañeros de equipo la norma que ha pensado. ¡Convence al equipo de que la tuya debe ser la norma estrella!

Paso 3. Votad y elegid una de las normas. Explicad en un mural por qué debéis cumplirla y qué sucede si no se cumple.

La vida en la localidad

Imaginaria es un bonito pueblo. En él hay gente que respeta las normas y gente que no, gente que emigra y gente que se queda. ¡Como en muchos otros sitios!

2 **IDENTIFICA** las acciones de esta ilustración de **Imaginaria** que no nos ayudan a convivir. Anótalas en tu cuaderno.

3 **RAZONA.** Este año diez jóvenes han emigrado y han dejado atrás a sus seres queridos. ¿Por qué emigra la gente? Explica tres razones por las que creas que han decidido marcharse.

Los impuestos

Cuando pagas un paquete de cromos, una parte de tu dinero es para el vendedor y otra es para pagar un impuesto llamado IVA. Leerás el nombre de ese impuesto en cualquier tique de compra. Observa el gráfico que expresa ese reparto.

4 **INTERPRETA.** Copia el gráfico y explica lo que representa.

5 **PREGÚNTATE.** ¿Te parece bien que se utilicen los impuestos para pagar los servicios municipales? ¿Por qué?

La Constitución española

La **Constitución** es la ley más importante de España. Fue redactada en **1978**. En ella aparecen normas para todos los ciudadanos españoles, es decir, sus derechos y sus obligaciones.

6 **INVESTIGA** y escribe en tu cuaderno dos obligaciones recogidas en la Constitución. ¿Son buenas normas? ¿Por qué?

Nos activamos

A Ismael le gusta colaborar con los recados. Hoy ha ido a la tienda y ha comprado latas de atún, yogures, zumo de manzana y un coche de madera de juguete. Ha traído todo en dos bolsas que reutiliza cuando hace la compra. ¡Le encanta reutilizar!

1 **ANALIZA.** Elige uno de los productos que ha comprado Ismael. ¿De qué está hecho? ¿Cómo se ha fabricado? ¿Cómo ha llegado a la tienda? Cuéntaselo a tu compañero.

Comprendemos

Para fabricar productos como los que ha comprado Ismael, hacen falta unas materias que están en la naturaleza. Pero ¿quién las consigue? ¿Y quién hace luego los productos elaborados?

¿Quién trabaja en la naturaleza?

Las **materias primas** y los **productos naturales** se obtienen de la naturaleza. Las personas que los consiguen trabajan en el **sector primario**, como los ganaderos, pescadores o agricultores.

La tarea de los **mineros** es la **minería**. Extraen de las minas minerales como el hierro o el carbón.

Los **pescadores** capturan el pescado que comemos. La **pesca marítima** se desarrolla en mares y océanos. La **pesca fluvial** se desarrolla en los ríos.

Los **ganaderos** cuidan el ganado y obtienen productos de los animales. La ganadería puede ser **vacuna** con vacas, **porcina** con cerdos y **aviar** con aves.

En el campo, los **agricultores** obtienen los cereales, la fruta y la verdura de las plantas. La agricultura de **secano** se riega con la lluvia. La de **regadío** usa agua traída de ríos o pozos.

El taller y la fábrica

Las **materias primas**, como la madera, pueden transformarse en **productos elaborados**, como una guitarra. Este proceso se realiza en un taller o en una fábrica.

Las personas que elaboran productos con las materias primas trabajan en el **sector secundario**: son artesanos y obreros.

En los **talleres**, los **artesanos** elaboran los productos con sus manos o con máquinas sencillas. Un taller fabrica pocos productos al día.

En las **fábricas** o **industrias**, los **obreros** usan grandes máquinas en el proceso de fabricación. Elaboran muchos productos en poco tiempo.

2 Escribe tres oficios de personas que tú conozcas que pertenezcan al sector primario.

3 ¿Qué diferencias hay entre una fábrica y un taller?

smMasSavia.com

Cómo funciona una fábrica.

- En el **sector primario** se obtienen **materias primas** y **productos naturales**.
- En el **sector secundario** se fabrican **productos elaborados** que pueden ser **artesanales** o **industriales**.

Aplicamos

4 **DISEÑA** el catálogo de ofertas de un supermercado, con tres productos naturales y tres productos elaborados.

5 **INVESTIGA.** ¿Qué oficios participan en el recorrido hasta la tienda de los productos que ha comprado Ismael? ¿Hay alguno que no pertenece al sector primario o al secundario?

6 Las personas que prestan servicios

Nos activamos

1 **Haz una encuesta** a cuatro compañeros. Pregúntales a qué se dedican sus familiares más cercanos y sus vecinos y haz una lista de todos esos oficios.

2 **Pregúntate.** Subraya todos los que no pertenecen al sector primario ni al secundario. Si no obtienen materias primas ni fabrican productos, ¿qué hacen? ¿Qué tienen en común?

Comprendemos

Hay tareas, como dar clase o conducir un autobús, que no obtienen materias primas ni elaboran productos. Son trabajos que consisten en **prestar un servicio** a las personas.

prestar un servicio: ayudar a la comunidad, como hace un bombero o un conductor de camiones.

¿Qué es el sector servicios?

Si miras en tu entorno verás mucha gente que se dedica a prestar un servicio: los maestros enseñan, los médicos curan y los conductores de autobús nos transportan. Todos ellos trabajan en el **sector de los servicios.** Sector terciario

3 Mira estos hombres y mujeres y di qué servicio prestan.

4 Relaciona cada imagen con uno de los siguientes oficios del sector servicios.

médicos y enfermeros | actores y músicos | maestros y cuidadores | científicos | dependientes de tiendas | policías y jueces | conductores y taxistas

Tres sectores, un producto

Observa cómo participan los sectores primario, secundario y servicios en el proceso necesario para que tú puedas comprar una bolsa de palomitas.

1. Sector primario. Los agricultores siembran y obtienen el maíz maduro de la naturaleza.

2. Sector secundario. Una industria compra maíz, lo calienta para elaborar las palomitas y lo envasa.

transporte

transporte

3. Sector servicios. Se transportan las cajas hasta una tienda y se ponen a la venta.

5 **¿Cuál de los tres sectores te parece más importante para que la bolsa de palomitas llegue a tus manos?**

- El trabajo de muchas personas es **prestar servicios** a otras personas, como hacen los maestros, médicos y camareros.
- En los trabajos del sector servicios **no se obtienen ni se elaboran productos.**

Aplicamos

6 **RELACIONA.** Ya sabes que en tu municipio hay servicios públicos como el colegio o el transporte público. Los trabajadores de estos servicios municipales también pertenecen al sector servicios. Explica por qué.

7 **ANALIZA** lo que haces a lo largo de un día cualquiera y cuéntale a tu compañero cuánta gente te presta servicios.

8 **IMAGINA TU FUTURO.** ¿A qué te gustaría dedicarte de mayor? ¿Por qué? ¿En qué sector trabajarías?

7 El consumo y la publicidad

Nos activamos

1 **IMAGINA** que vas a emigrar con tu familia y tienes que llevarte tus cosas en dos viajes. En el primero, las imprescindibles, y en el segundo, las menos importantes. ¿Cuáles de las cosas que ves a la derecha elegirías para llevarte en el primer momento? ¡Buen viaje!

2 **COMPARA** tus imprescindibles con los de tu compañero. ¿Habéis elegido los mismos productos para el primer viaje?

Comprendemos

El pan, el calzado o la ropa son productos **imprescindibles** para nosotros. Otros productos, como una televisión, aunque nos gusta comprarlos o consumirlos, **no son tan importantes**.

¿Gastar o ahorrar?

Los productos imprescindibles son considerados de **primera necesidad**. Los que no son tan necesarios pertenecen al grupo de las **necesidades secundarias**.

Consumir demasiados productos que no necesitamos puede tener consecuencias negativas:

- Gastar mucho puede **perjudicar la economía de las familias**, que necesitan el dinero para las cosas imprescindibles.
- Para fabricar y transportar cada producto que consumimos, utilizamos materias primas y energía. Si consumimos demasiados productos, podemos **acabar con los recursos del planeta**.
- Cuanto más consumimos, más **basura** producimos, y la basura **contamina**.

3 ¿Qué son los productos de primera necesidad? Pon ejemplos.

El papel de la publicidad

Las empresas usan la **publicidad** para mostrarnos sus productos o servicios y **convencernos** de que los compremos. Como consumidores debemos distinguir cuáles de los productos que vemos anunciados nos hacen falta de verdad y cuáles no.

Recibimos esa información a través de distintos medios: anuncios de **televisión**, de **periódico** y de **radio**, carteles y mensajes de **internet**.

La publicidad también puede servir para educar y concienciar a la gente.

4 ¿Crees que tenemos que comprar todos los productos que nos enseña la publicidad? ¿Por qué?

- Distinguir lo que es **necesario** de lo que no y **consumir de manera responsable** ayuda a la economía de las familias y a cuidar el planeta.
- A través de la **publicidad** las empresas nos **intentan convencer** para comprar sus productos y servicios.

Aplicamos

smMasSavia.com

Elabora tu presupuesto personal.

TRABAJAMOS LA COMPRENSIÓN LECTORA

5 **Piensa en la finalidad.** ¿Para qué crees que han hecho este cartel?

A. Vender un producto.

B. Dar un consejo.

C. Explicar quién es Batman.

6 **Fíjate en la forma.** ¿Dónde aparece el título de la película? ¿Cómo han diseñado esta parte?

7 **Piensa en lo que dice el texto.**

a. ¿Cuáles de estos productos crees que son imprescindibles para nosotros?

A. Película B. Casa C. Comida

b. ¿Por qué esta película es una "Lego película"?

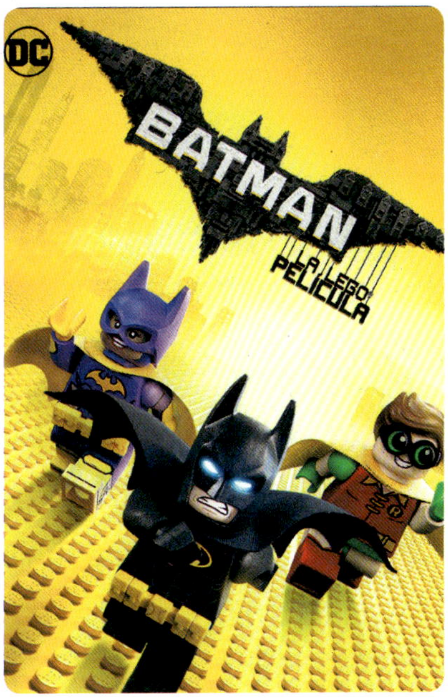

COMPROBAMOS LO APRENDIDO

1 **DIBUJA** en tu cuaderno las señales de tráfico de este circuito y explica su significado.

2 **RELACIONA.** Copia las columnas y relaciona los conceptos con flechas.

médico •	• oficio artesano
escultor •	• producto industrial
bombillas •	• servicio a la comunidad

3 **ESCUCHA** por la radio algún anuncio.

a. ¿Cómo sabes que es publicidad? ¿Qué anuncia? ¿Cómo sabes lo que anuncia?

b. ¿Tiene música? ¿Es agradable? ¿Por qué?

4 **ESCRIBE UNA ORACIÓN** con estas palabras.

país · abandonan · emigrantes · personas · otro lugar

5 **IDENTIFICA** estos oficios y señala cuáles son servicios municipales y cuáles no.

a 

b 

c 

d 

6 **CALCULA.** Durante este año han nacido 50 niños en un pueblo y han muerto 15 ancianos. ¿Cuál ha sido el crecimiento natural de la población?

Mi diario

1. Pienso y escribo lo que más me ha gustado de lo último que he aprendido sobre la convivencia en el colegio.
2. Aprendo mejor en clase cuando... porque...
3. ¿Qué tipo de actividades son las que más me han gustado? Intento explicar por qué.
4. ¿Cómo me he sentido al conocer por qué debemos consumir de forma responsable?

smMasSavia.com | Autoevaluación.

MEJORA TU CLASE

TAREA FINAL

En las elecciones municipales, los adultos votan y eligen al alcalde. Vosotros elegiréis al delegado de clase que tenga las mejores ideas para todos. ¡Votad para mejorar la clase!

Unas elecciones para la clase

PASO 1 **TRABAJAMOS EN EQUIPOS.** Formad los equipos que formasteis en las páginas 70 y 78 para elegir la norma de convivencia del colegio y la norma estrella para la clase.

PASO 2 **PREPARAMOS UN PROGRAMA.** Presentad un programa electoral en una cartulina.

NO OLVIDÉIS PONER

- El nombre de vuestro partido. I › G
- El nombre del candidato a delegado y del resto de integrantes del equipo.
- La norma de convivencia y la norma estrella para la clase.
- Cuatro servicios para mejorar la convivencia en la clase. G › I

PASO 3 **VOTAMOS.** Anota en un papel el nombre del partido al que quieres votar y dáselo al profesor. ¡Tras contar los votos de todos, sabréis quién ha ganado!

A partir de este momento, queda elegido el delegado de la clase y todos tenéis que respetar las normas que se han votado para que la clase funcione mejor.

¿QUÉ SABÍA, QUÉ SÉ?

Ahora que sabes más sobre la vida en sociedad, mira el esquema y piensa en personas que conviven contigo en tu casa, tu colegio, tu barrio y tu localidad.

En **casa**

con nuestra familia

En el **colegio**

con los compañeros, los profesores y el personal

aprendemos a respetar las primeras

NORMAS DE CONVIVENCIA

También debemos respetar las normas con los vecinos de nuestra

LOCALIDAD

Puede ser

pueblo

ciudad

distintos **barrios**

céntricos

las **afueras**

Una o varias localidades forman un

MUNICIPIO

En la **sociedad**, mis **vecinos** pueden **trabajar** en el

sector primario

Obtienen **materias primas** y **productos naturales**.

sector secundario

Fabrican **productos elaborados**.

Los conocemos a través de

la **publicidad**

sector servicios

Prestan un **servicio** a la comunidad.

gobernado por

el **ayuntamiento** — organiza → los **servicios públicos**

La población cambia por

los **movimientos migratorios**

causas naturales

Repasa la unidad 4

1. ¿Qué oficios podemos encontrar en el colegio? ¿A qué sector pertenecen?

2. ¿Qué hacen los ayuntamientos?

   A. Gobiernan y organizan los servicios públicos.

   B. Obtienen las materias primas.

3. Copia y completa.

   - La población de una localidad cambia por causas ◆◆◆ y debido a los movimientos ◆◆◆.
   - Las causas humanas son la natalidad y la ◆◆◆.
   - Los movimientos migratorios son la emigración y la ◆◆◆.

4. Decide con tu compañero qué están haciendo bien los protagonistas de estas imágenes.

   a 

   b 

5. Ahora que ya has aprendido muchas cosas sobre la vida en sociedad, responde a estas preguntas.

   - ¿En qué tipo de barrio vives tú? ¿Es céntrico o está en las afueras?
   - ¿Hay algo sobre la vida en sociedad que te interese y que no hayamos visto?

ISMAEL TE CUENTA

Un oficio helador

En algunas partes del mundo hay hielo todo el año, así que los pescadores no pueden usar barcas ni sentarse a la orilla del río o del mar. ¿Sabes cómo pescan? ¡Cavando agujeros en el hielo!

¿Qué productos obtienen los pescadores: naturales o elaborados?

Un artesano en cada calle

En la Edad Media, los artesanos de las ciudades eran muy importantes. Por eso las calles recibían el nombre de sus oficios: bordadores, herreros, cuchilleros, libreros…

Hoy día las calles reciben el nombre de personas importantes del mundo de la política, la cultura o el deporte. ¿Qué nombre darías a tu calle? ¿Por qué?

¿En qué sector trabajan los bordadores? ¿Dónde están las calles más antiguas de una localidad?

Un problema muy antiguo

Los problemas de tráfico en las ciudades no son nuevos. ¡Antes de que se inventaran las señales de tráfico podían ser incluso peores! Es lo que muestra el cómic **Astérix en Lutecia**. Lutecia es el nombre romano de la ciudad de París.

¿Qué beneficios aportan las señales de circulación? ¿Qué sucede cuando no las cumplimos?

Ser ciudadano es cosa de todos

Los antiguos esclavos no tenían derechos, pero sí muchos deberes. Hoy todavía hay personas que han perdido sus derechos por culpa de las guerras o de problemas políticos.

¿Te imaginas cómo sería no disfrutar de ningún derecho, pero tener todos los deberes?

Recuerda dos derechos y dos deberes que tengas en casa, en el colegio y en la calle.

L. S. Lowry: **De camino al trabajo**

P. Brueghel el Viejo: **Los segadores**

El arte nos enseña

Los pintores pueden representar cualquier situación que ven a su alrededor. Por eso, las obras de arte sirven para estudiar muchas cosas. Por ejemplo, en una de estas pinturas vemos una fábrica. En la otra, podemos ver unos segadores.

¿En qué sector trabajan los segadores? ¿Y las fábricas a qué sector pertenecen? ¿En cuál de las dos pinturas podemos ver una densidad de población más alta?

Las huellas del tiempo

Unidad 5
¡No pierdas el tiempo!

Unidad 6
Otras épocas, otras historias

TAREA FINAL **Mejora tu colegio**

¿Qué sabía, qué sé?

Ismael te cuenta

1 Ponte en marcha

Todo lo que nos pasa sucede en un orden. Unas cosas pasan antes y otras después. ¿Puedes ordenar y contar la historia de este caracol?

2 ¡Sabes más de lo que crees!

A veces hay que ordenar cosas muy antiguas y necesitamos pistas. En pareja, busca las pistas en esta imagen de la ciudad de Roma para responder a las cuestiones.

- ¿Qué explican los guías? ¿Cómo van vestidos los personajes en sus explicaciones? ¿En qué estado están los edificios ahora? ¿Y en la explicación? ¿Por qué?
- ¿Qué pasó antes, la Edad Moderna, la antigua Roma o nuestra época? Haz lo mismo que has hecho para ordenar la vida del caracol y coloca las tres épocas en una línea del tiempo como esta.

3 Sigue haciéndote preguntas

- ¿Has podido conocer alguna vez a un habitante de la Roma antigua? ¿Por qué? Si pudieses conocerlo, ¿en qué idioma tendrías que hablar?
- ¿Qué te gustaría saber sobre el pasado? ¿A qué época te gustaría viajar?

TAREA FINAL

Mejora tu colegio

Montaréis un Museo del Paso del Tiempo y organizaréis una visita.

5

¡No pierdas el tiempo!

Ordenar en el tiempo los hechos de nuestra vida.

¿Cómo se ordenan en el tiempo las cosas que nos pasan en la vida? ¿Cómo se relaciona el pasado con el futuro?

Medir el paso del tiempo.

¿Para qué sirve un reloj? ¿Cómo calculas el tiempo que queda para las próximas vacaciones?

Conocer y medir el tiempo histórico.

¿Qué se inventó antes, la ropa o los transportes? ¿La pintura o la escritura?

smMasSavia.com

Lo que ya sé.

1 El tiempo pasa

Nos activamos

1 **PREPARA LA TAREA.** Dibuja el árbol genealógico de tu familia.

a. Incluye a tus hermanos, padres y abuelos.

b. Cada familia es única e irrepetible. Describe la tuya a tus compañeros.

Comprendemos

El **árbol genealógico** ordena la historia de la familia. Empieza con familiares nacidos hace tiempo y se amplía cuando nace otro familiar.

Pasado, presente y futuro

Para ordenar el árbol genealógico o la historia de una familia, **dividimos el tiempo** en:

- **Pasado**. Son los hechos que han ocurrido antes, como tu nacimiento.
- **Presente**. Es lo que sucede ahora, en este momento. Por ejemplo, tú lees este libro.
- **Futuro**. Son los hechos que ocurrirán después, mañana o cuando seas adulto.

- El **pasado** representa hechos que ya sucedieron.
- El **presente** es aquello que ocurre en este instante.
- El **futuro** es todo lo que sucederá más adelante.

Aplicamos

2 **PONTE EN SU LUGAR.** Aisha estudia 4.º de Primaria en su país, Etiopía. Explica, con ayuda de las fotos, cómo fue su pasado, cómo es su presente y lo que quiere para su futuro. ¿Puedes hacer lo mismo con tu propia historia?

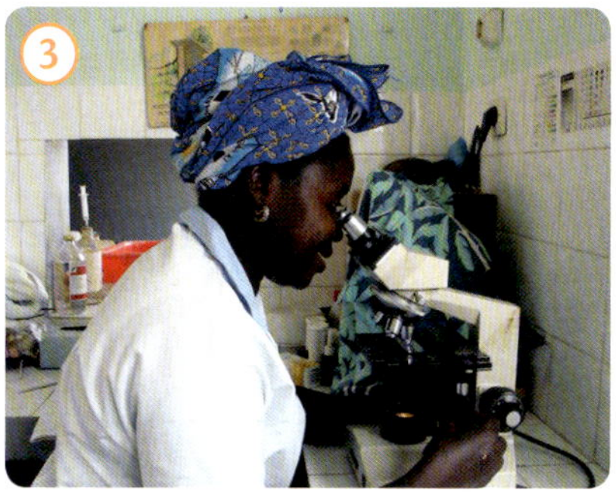

3 **PREGÚNTATE.** El presente es importante para el futuro. Por ejemplo, si hoy no cuidas tu salud, en el futuro podrías caer enfermo. ¿Qué otros ejemplos se te ocurren?

4 **LEE, INVESTIGA Y RESPONDE** a las cuestiones.

El escritor Julio Verne nació en 1828. En sus novelas usaba medios de transporte que aún no existían en su época, como los cohetes espaciales. Algunos de ellos se hicieron realidad años después.

a. El ser humano llegó a la Luna en 1969. ¿Sucedió en el pasado, el presente o el futuro de estas personas? Copia y une.

Julio Verne •	• Pasado
Tus compañeros de clase •	• Presente
Tus abuelos •	• Futuro

b. El cohete es un invento del pasado que se usa en el presente. ¿Se parece el cohete de la ilustración a uno actual? ¿Cómo crees que serán los cohetes del futuro? Dibújalo.

Ilustración de la novela **De la Tierra a la Luna,** de Julio Verne.

Nos activamos

1 **RESUELVE** la adivinanza con ayuda del dibujo. Explica a qué se refieren las expresiones subrayadas en amarillo.

> ¿Qué ser se mueve a cuatro patas por la mañana, camina de pie a mediodía y utiliza tres pies al atardecer?

2 **PREGÚNTATE.** ¿Qué personaje de la adivinanza tiene el futuro más largo? ¿Es una ventaja? ¿Por qué?

Comprendemos

Las personas y su entorno cambian cada día, cada año o cada mucho más tiempo. ¿Cómo medimos el paso del tiempo?

¿Con qué mido el tiempo a diario?

Para medir el paso del tiempo usamos instrumentos. El **reloj** mide el paso del tiempo durante un día. El **calendario** nos permite medir el paso de los días, las semanas, los meses y años.

El **reloj** usa estas **unidades de medida**:

1 día = 24 horas

1 hora = 60 minutos

1 minuto = 60 segundos

El **calendario** usa estas **unidades de medida**:

1 año = 12 meses = 365 días

1 mes tiene entre 4 y 5 semanas

1 semana = 7 días

3 ¿Cómo se mide la duración de un partido de fútbol, con un calendario o con un reloj? ¿Y las vacaciones de verano?

¿Cómo se miden períodos muy largos?

Para agrupar períodos de **varios años,** usamos:

4 ¿Cuántos lustros has vivido? ¿Cuántas décadas han vivido tus padres? ¿Cuántas décadas ha vivido una persona que acaba de cumplir 100 años?

5 Ordena de mayor a menor duración.

hora · siglo · lustro · minuto · segundo · año

- El **reloj** y el **calendario** son **instrumentos** para medir el paso del tiempo.
- Existen diferentes **unidades de medida** del tiempo, como el **año**, el **siglo** y el **milenio**.

Taller — Aplicamos

6 **ELABORA Y ORGANIZA** una línea del tiempo de tu vida.

a. En una hoja cuadriculada, dibuja una línea horizontal. Divídela en tres partes como en este esquema:

G I **b.** En pareja, copia y relaciona las columnas.

Hace un trienio •	• habrá coches voladores
Dentro de un lustro •	• empecé 1.º de Primaria
En esta hora •	• hay colegio
Dentro de una década •	• estaré en Secundaria
Dentro de medio siglo •	• ya tendré 18 años
Toda esta semana •	• aprendo a medir el tiempo

c. Coloca en la línea que has dibujado los datos que habéis ordenado. ¡Recuerda hacerlo en el orden correcto!

smMasSavia.com
¡Escapa a tiempo!

Nos activamos

1 OBSERVA la ilustración y la fotografía de París. ¿Qué cambios observas? ¿Qué permanece igual? ¿A qué crees que se debe?

París año 1300

París año 2000

Comprendemos

Las imágenes representan a la capital de Francia en dos edades históricas diferentes: la Edad Media y la Edad Contemporánea.

Las edades de la Historia

La vida de la humanidad se ordena en dos grandes períodos: la **Prehistoria** y la **Historia**. Además, la Prehistoria y la Historia se dividen a su vez en varias **edades**.

La Prehistoria

- Comenzó con los primeros **homínidos**, los antepasados del ser humano.
- Terminó con la invención de la **escritura**.

La Historia

- Comenzó con la invención de la **escritura**.
- Se divide en **cuatro edades**. El **presente** sucede en la última de ellas: la **Edad Contemporánea**.

TRABAJAMOS LA COMPRENSIÓN LECTORA

2 PIENSA EN EL SIGNIFICADO DE LAS PALABRAS. La palabra Prehistoria empieza por **pre-**. El prefijo **pre-** significa "antes de".

- ¿Qué significado crees que tiene entonces la palabra Prehistoria?
- ¿Qué edad podría llamarse pre-moderna?

3 FÍJATE EN LA ESTRUCTURA DE LA LÍNEA DEL TIEMPO.

- ¿Qué edad de la Historia sucedió antes, el Neolítico o la Edad de los Metales?
- ¿En qué edad vives tú? ¿Está al principio o al final de la línea?
- ¿Por qué se usa forma de flecha?

¿Antes o después de Cristo?

A veces, los adultos de tu familia ordenan las cosas que les han pasado en **antes y después de tu nacimiento**. Dicen cosas como: "Un mes antes de que naciese ..., nos cambiamos de casa".

De la misma forma, los años y los siglos de la vida de la Humanidad se ordenan en **antes o después del nacimiento de Cristo**.

smMasSavia.com
La línea del tiempo. De la Prehistoria a la actualidad.

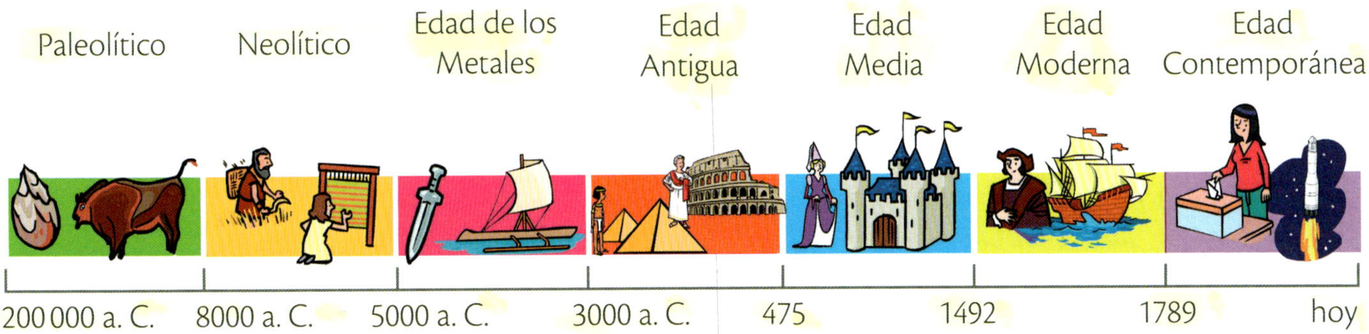

Todo lo que ha sucedido antes de Cristo se señala con las letras a. C.

Para lo que ha sucedido después de Cristo usamos las letras d. C. o no ponemos nada.

4 ¿En qué edad de la Historia apareció la escritura? ¿Qué edades han sucedido después de Cristo?

- La **Prehistoria** comenzó con la aparición de los homínidos. La **Historia** comenzó con la escritura.
- La Prehistoria y la Historia se dividen en **edades**.

Aplicamos

I G **5** **ORGANIZA Y EVALÚA LA INFORMACIÓN.**

a. Observa las líneas del tiempo de estas páginas y ordena:

Construcción de las pirámides
Primeros castillos
Fabricación de herramientas
Conquista del espacio

b. ¿En qué edad histórica sucedió cada hecho? ¿Pertenecen a la Prehistoria o a la Historia?

c. Señala cuáles sucedieron después de Cristo.

d. Comprueba tus respuestas con tus compañeros.

Nos activamos

Para medir el tiempo usamos los números. ¿Se te dan bien?

1 RECUERDA Y RESUELVE.

1 año | 10 años = 1 década | 100 años = 1 siglo | 1000 años = 1 milenio

- ¿Cuántos siglos hay en estas fechas?

693 | 2872 | 4032

Comprendemos

Todas las fechas pertenecen a algún siglo. Por ejemplo, nosotros vivimos en el siglo XXI. ¿Sabes qué son esas letras?

Fechas con números romanos

Para expresar **siglos** usamos los **números romanos.**

1	5	10	50	100	500	1000
I	V	X	L	C	D	M

- Para leer un número romano, **sumamos** el valor de sus letras:

XVI está formado por X, V, I. Sumamos:
10 + 5 + 1 = 16

- Si la letra de valor más bajo está a la izquierda, **restamos**:

En IX, I está a la izquierda de X.
Como I tiene un valor menor que X, restamos:
10 - 1 = 9

2 En parejas, buscad qué letras de las siguientes tablillas tienen un valor menor a su izquierda. ¿Qué número forman?

CXXXIX | LIII | DCIV | XXVII | IX | XXI

- Después, lee los números completos de cada tablilla.

El actual rey de España es Felipe VI. Para nombrarlo, usamos los números romanos. El número indica cuántos reyes se han llamado Felipe antes que él.
Lo mismo sucede con los papas, como Gregorio VIII.

Soy Alfonso X. Hubo 9 reyes Alfonso anteriores a mí, pero yo soy El Sabio.

▶ Para **nombrar** los **siglos** utilizamos **números romanos.**

Aplicamos

3 **IDENTIFICA.** En Roma se usaban los números romanos para expresar años. Busca el año XX en la placa. ¿Ves otras cifras?

4 **LEE** estos nombres de reyes y papas. ¿Quién fue el primero de su nombre? ¿Cuántos papas Juan hubo antes de Juan XXIII?

rey Felipe IV — rey Juan Carlos I — reina Isabel II — papa Juan XXIII

5 **INTERPRETA Y APLICA** el proceso de paso de años a siglos.

a. ¿Qué pasos se siguen? ¿Qué se tacha? ¿Qué se suma?

7 + 1 = 8	14 + 1 = 15	18 + 1 = 19	20 + 1 = 21
siglo VIII	siglo XV	siglo XIX	siglo XXI

b. Si un año tiene solo una o dos cifras, es del siglo I d. C.

- ¿Qué año no pertenece al siglo I?: **29, 101, 5, 1, 80**
- ¿Qué significa d. C.?

c. Di en qué siglos se inventaron estos medios de transporte y dibuja cómo es uno de ellos hoy día, en el siglo XXI.

¡Ten cuidado!
El año 100 es del siglo I y el 1000 del X.
¡En los años acabados en 00 no sumamos 1!

smMasSavia.com

Aprende a escribir los números romanos.

Taller

Nos activamos

I G **1** **PREPARA LA TAREA.** Vamos a catalogar objetos antiguos.

PASO 1. En grupo, busca información sobre los objetos.

un hueso prehistórico

una vasija egipcia

una moneda romana

una espada medieval

Paso 2. Fabrica uno de los objetos con plastilina. Después, completa una ficha de clasificación del objeto como esta.

Nombre: ◆◆◆

Edad de la Historia: ◆◆◆

Dónde he encontrado la información: ◆◆◆

Paso 3. Cambia tu objeto con el de un compañero y cubre el suyo con cola blanca mezclada con agua. Serás el responsable de conservarlo para la tarea final.

Fuentes materiales. Son objetos, como monedas, huesos, cerámicas o piezas de arte. Se descubren en excavaciones o en lugares como los fondos marinos.

Comprendemos

Para elaborar tu ficha has consultado **fuentes de información** y has clasificado un objeto. Además, lo has cuidado para que no se estropee. ¿Quién se encarga de hacer esto en la vida real?

¿Quién nos enseña la Historia?

Los **historiadores** son las personas que estudian las **fuentes de información histórica**. Estas pueden ser orales, escritas, materiales o imágenes gráficas. Después usan la información que obtienen para ordenar, interpretar y explicar los hechos.

Los historiadores que buscan las fuentes de información más antiguas y trabajan con ellas son los **arqueólogos**. Quienes las protegen y exponen en museos son los **conservadores**.

En los museos trabajan historiadores, ayudantes, restauradores y guías. Entre todos protegen y dan a conocer la cultura.

2 **Observa el dibujo de la excavación. ¿Qué restos arqueológicos encuentras en ella? ¿Qué tipo de fuentes de información histórica son?**

Fuentes orales. Son relatos, leyendas o testimonios que nos llegan por tradición oral o mediante grabaciones.

Fuentes escritas. Son documentos como cartas, libros o diarios. Pueden aparecer sobre papel, piedras o pieles.

Fuentes gráficas. Son imágenes que cuentan historias. Aparecen en cuadros, fotografías, dibujos o vídeos.

▸ Los **historiadores** estudian y conservan las fuentes de información del pasado.

Aplicamos

3 **TRABAJA COMO UN HISTORIADOR.** En una excursión al museo, habéis visto una vasija como la de la imagen.

a. ¿Qué profesión tenía la persona que la encontró? ¿Quién se ocupa de ella en el museo?

b. ¿Qué tipo de fuente histórica es la vasija?

COMPROBAMOS LO APRENDIDO

1 LEE Y COMENTA la información con un compañero.

- El **paso del tiempo** se divide en:

Pasado	Presente	Futuro
Es lo que me ha sucedido antes de este momento. Se organiza con **líneas** del tiempo o **árboles** genealógicos. Los historiadores lo dividen en edades **de la Historia**.	Es lo que me sucede **ahora**, en este momento. Puedo medir el paso del tiempo presente con un reloj o un **calendario**. El presente de la Historia de la humanidad es la **Edad** contemporánea.	Es lo que me sucederá después de este momento. Se puede situar el futuro en el tiempo con ayuda de un **calendario**. Es **desconocido** pero ayudamos a construirlo.

- Se usan distintas **unidades de medida** para el tiempo:

milenios → siglos → décadas → lustros → años → días → minutos → segundos

2 TRABAJA con el esquema.

a. Copia y completa el esquema.

b. Elabora tu propio esquema sobre las fuentes de información histórica.

3 RESUELVE LAS ADIVINANZAS con la información del esquema que has copiado.

¿Qué es?

- Con mis agujas, y sin demora, mido segundos, minutos y horas.
- Muestro días, meses y años, e incluso tu cumpleaños.
- Ya pasé y no paso más. Por las fuentes históricas me conocerás.

4 ESCRIBE UNA ORACIÓN con cada uno de estos conceptos, presentes en el esquema.

pasado — futuro — reloj — árbol genealógico — Historia

5 DIBUJA. En el esquema aparecen personajes de varias Edades de la Historia. Completa un dibujo similar con mujeres.

6 ORDENA las fechas más importantes de este año en una línea del tiempo:

- Dibuja una línea del tiempo con 12 meses.
- Busca en un calendario los días festivos y recuerda los cumpleaños de tu familia.
- Añade los días especiales que habéis celebrado en el colegio.

7 COMPARA E IMAGINA. ¿Cómo se usan estos teléfonos? ¿Qué se puede hacer con ellos? Imagina y dibuja el teléfono del futuro.

8 IDENTIFICA las imágenes con un tipo de fuente histórica.

a

b

c

9 ENCUENTRA LAS DIFERENCIAS entre esta ciudad en el pasado y en el presente.

a

b

- ¿Qué ha podido causar esos cambios?

10 COMPRUEBA cómo tus familiares son buenas fuentes para conocer el pasado.

a. **ELABORA** un cuestionario y entrevista a alguien mayor de tu familia. Pregúntale cómo vivía cuando era pequeño.

b. **RESUME** a tus compañeros lo que has aprendido en la entrevista.

c. **PREGÚNTATE.** ¿Con qué tipo de fuente histórica has trabajado?

Mi diario

1. Cuando llegue a casa, ¿qué puedo contar de lo que he aprendido en clase?
2. ¿Qué me he preguntado sobre el pasado y el futuro de mi familia al estudiar el paso del tiempo?
3. Lo que más me ha costado aprender sobre medir el tiempo ha sido… y lo he conseguido haciendo…
4. ¿Me ha ayudado alguien a hacer alguna actividad? ¿Qué ha hecho para ayudarme?

smMasSavia.com | Autoevaluación.

6 Otras épocas, otras historias

Reconocer cómo vivían las personas en cada edad de la Historia.

¿Quiénes fueron los primeros humanos de la Tierra? ¿Había rascacielos en la Edad Moderna?

Identificar y apreciar los restos de la Historia en nuestro entorno.

¿De dónde salen los objetos y tesoros que vemos en los museos?

smMasSavia.com

Lo que ya sé.

Nos activamos

1 **EXPRÉSATE.** ¿Has visitado un castillo o una cueva prehistórica? ¿Y una gran ciudad? ¿Has viajado en barco o en tren? Cuéntalo.

2 **OBSERVA LAS IMÁGENES Y FORMULA UNA HIPÓTESIS.** ¿En qué edad de la Historia crees que crecieron tus abuelos? ¿Por qué?

LAS EDADES DE LA HISTORIA

Prehistoria

Edad Antigua

Comprendemos

En cada edad de la Historia se han producido cambios en la forma de vivir de las personas.

El mundo cambia

La forma de vivir de las personas y sus **relaciones sociales** han sufrido cambios en cada edad de la Historia. Esto ha sido posible gracias a creaciones humanas como el lenguaje, la vivienda, los transportes o la agricultura. Hoy no vivimos como en la Prehistoria, ¡y quedan milenios de cambios en el futuro!

3 **¿Se vive mejor en una casa que en una cueva? ¿Es mejor un tren que un carro? ¿Para qué usas el lenguaje? ¿Por qué?**

▸ Las **costumbres** y formas de vida de los seres humanos **han evolucionado**.

smMasSavia.com

Actívate con la historia de los transportes.

Aplicamos

4 CLASIFICA las fotografías empezando por la más antigua. Utiliza la información de la línea del tiempo anterior.

Castillo medieval, Aragón

Rascacielos actual, Madrid

Pintura prehistórica, Cantabria

5 INVESTIGA. Averigua si hay restos de otras épocas cerca de tu localidad. Prepara una presentación para la clase sobre el objeto o el resto que más te haya gustado.

6 PREPARA LA TAREA. Elige un invento de una de las edades de la Historia y fabrícalo con plastilina o arcilla. En grupo, ordena los objetos en una línea del tiempo. ¡Guárdalo bien!

El tren es un invento contemporáneo.

2 Los inicios de la Prehistoria

Nos activamos

1 **LOCALIZA EL ERROR.** ¿Cúal de los dibujos de la derecha no corresponde a la Prehistoria? ¿Sabes por qué?

Comprendemos

¡Solo has acertado si has pensado en los dinosaurios!

La **Prehistoria** es el período del pasado en el que aparecieron los **seres humanos** y crearon las primeras sociedades. Aquello sucedió millones de años después de la extinción de los dinosaurios. Por eso, estos animales y las personas nunca convivieron.

Los cazadores de las cavernas

La primera etapa de la Prehistoria se llama **Paleolítico**. En esta etapa aparecieron los homínidos y se organizaron en **tribus** formadas por familias. Vivían en **cuevas** y eran **cazadores de animales y recolectores de frutos**.

Cuando los alimentos se acababan, debido al invierno o a la sequía, los primeros humanos caminaban durante semanas hasta encontrar comida y agua. Por eso decimos que eran **nómadas**, es decir, que no vivían en un sitio fijo.

Taller

2 **PREPARA LA TAREA.** En las paredes de sus cuevas, los seres humanos prehistóricos pintaban animales, personas e incluso sus propias manos. Estas **pinturas** se llaman **rupestres**, que significa "hechas sobre rocas". Imítalas en un papel continuo.

Paso 1. En las pinturas rupestres se usaban los colores rojo, negro y marrón. Usa ceras y témperas de esos colores. Aplica la pintura con las manos, pinceles o sóplala con pajitas.

Paso 2. En el Paleolítico no había ni ceras ni témperas. Ponte en su lugar. ¿Te imaginas tener que machacar plantas cada vez que quieras pintar? Piensa cómo podrías obtener los colores rojo, marrón y negro en tu entorno.

LAS ACTIVIDADES DE LAS MUJERES Y LOS HOMBRES DEL PALEOLÍTICO

3 ¿Qué comían las personas del Paleolítico? ¿Dónde vivían? ¿Qué herramientas usaban?

▸ Al inicio de la Prehistoria, los humanos eran **nómadas** que **cazaban** y **recolectaban**.

Las primeras personas eran nómadas.

Aplicamos

4 **PONTE EN SU LUGAR.** Para sobrevivir en la Prehistoria había que saber mucho. Contesta y, luego, comenta con tu compañero si estarías preparado.

a. ¿Cómo obtendrías el fuego? ¿Para qué podrías usarlo?

b. ¿Para cuántas cosas podrías utilizar un animal cazado?

c. ¿En qué época del año encontrarías más comida? ¿Dónde podrías hallar los alimentos?

d. ¿Por qué vivirías mejor en una tribu que en solitario?

5 **RECONOCE LA HISTORIA EN TU VIDA.** Los primeros seres humanos inventaron el fuego, el lenguaje y el arte. ¿Son inventos importantes para tu vida? ¿Por qué?

Nos activamos

El Paleolítico terminó cuando **los humanos dejaron de ser nómadas**. Esto fue posible gracias a avances, inventos y descubrimientos increíbles. ¡Los prehistóricos nos cambiaron la vida!

1 **LOCALIZA Y RELACIONA.** Busca estos inventos en la ilustración y en la ficha. ¿Qué oficio relacionas con cada uno?

el telar · las armas · la cerámica · la ganadería · el horno · el dolmen · la agricultura

2 **¿QUÉ PASARÍA SI...** no existiesen estos inventos? ¿Hay alguno de ellos que sea necesario en nuestras vidas? ¿Por qué?

Los humanos prehistóricos **no sabían escribir**. Sabemos cómo vivían gracias a las **fuentes materiales** y a las pinturas rupestres que nos dejaron.

¿Has visto objetos como estos en un museo arqueológico? ¿Qué son?

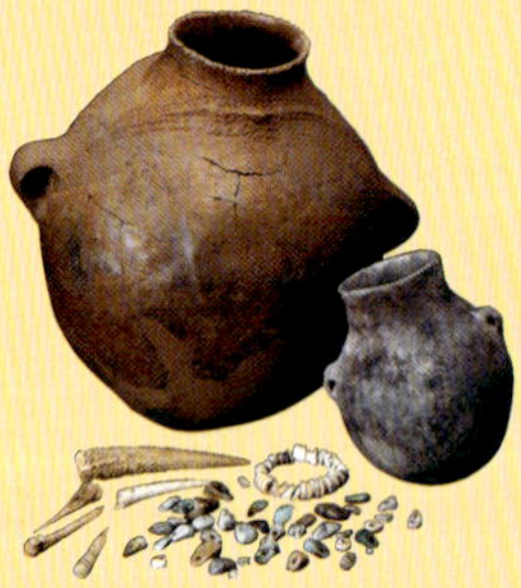

¿Has visto alguna vez un dolmen como este? ¿Sabes que servían como tumbas?

Comprendemos

Los grandes avances que has visto ocurrieron en las últimas etapas de la Prehistoria: el **Neolítico** y la **Edad de los Metales**.

Prehistoria

Agricultores en poblados

En estas etapas, los seres humanos descubrieron maneras más seguras de obtener alimentos:

- Si **criaban animales** en granjas, no necesitaban cazar.
- Si **cultivaban y regaban semillas**, nacían nuevas plantas y ya no era necesario recolectar.

Los nuevos agricultores y ganaderos se instalaron en poblados cerca de sus granjas y cultivos. Por primera vez, las personas se hicieron **sedentarias**, es decir, se instalaron en un hogar fijo.

En esos poblados se crearon la **rueda**, la **cerámica**, el **horno** y los objetos de **metal**, y las personas aprendieron oficios, como el herrero o la alfarera. Cuando necesitaban lo que otros fabricaban, intercambiaban productos. Así surgió el **comercio**.

Los castros eran poblados prehistóricos con cabañas circulares. Se construyeron muchos en el norte de la península Ibérica.

3 ¿Por qué se volvieron sedentarios los humanos del Neolítico?

▸ A finales de la Prehistoria las personas desarrollaron la **agricultura** y la **ganadería** y se hicieron **sedentarias**.

smMasSavia.com

La vida en la Prehistoria.

Aplicamos

4 **FORMULA UNA HIPÓTESIS.** La invención del telar permitió tejer telas. ¿Cuándo se inventó? ¿Cómo se vestían las personas antes de existir el telar?

5 **INVESTIGA Y CREA.** Vivimos en una cultura sedentaria, pero aún hay pueblos nómadas en el mundo. Investiga cómo vive una de estas culturas y haz un mural. ¿Te gustaría vivir así?

Pastora nómada de Mongolia

Los esquimales de Alaska
Viven en el norte de **América**. Se trasladan para buscar caza y pescar bajo el hielo.

Los tuaregs del Sahara
Viven en **África**. En sus viajes cruzan el desierto con ayuda de sus camellos.

Los pastores de Mongolia
Viven en **Asia**. Llevan a sus rebaños de un lugar a otro con temperaturas heladoras.

Nos activamos

Imagina que los profesores del colegio sufriesen un hechizo y olvidasen los números y las letras. ¡Vaya lío!

1. **Ponte en su lugar.** ¿Cómo podrán enseñar matemáticas? ¿Y organizar los horarios? ¿Y pasar lista? ¿Cómo podrá el director recordar los nombres y las notas de todos los niños y niñas del colegio?
2. **Haz una lista** de cosas que no podrías hacer sin escribir.

Comprendemos

Al igual que los profesores, los jefes de los primeros poblados necesitaban recordar datos importantes como, por ejemplo, cuántas personas vivían allí o cuántas mercancías tenían.

¿Desde cuándo existe la escritura?

A finales de la Prehistoria, algunos poblados crecieron y se convirtieron en **ciudades**. Para organizarse, inventaron una forma de anotar los nombres de las cosas y las cantidades: era la **escritura**.

Con la aparición de la escritura acabó la Prehistoria y comenzó la primera edad histórica, que llamamos **Edad Antigua**.

Las primeras civilizaciones

En las ciudades se formaron las **primeras civilizaciones**, que eran grandes grupos de personas con una **cultura común**. Las personas que comparten una cultura pueden hablar el mismo idioma o tener costumbres parecidas. Fue el caso de las civilizaciones **egipcia**, **griega** y **romana**.

Una de las primeras formas conocidas de escritura fueron los **jeroglíficos**. Era la escritura de los **egipcios**.

Viñetas de **Astérix y Cleopatra**, de Goscinny y Uderzo.

¿Quiénes fueron los romanos?

Los **romanos** vivieron en los territorios de la actual España durante cientos de años. Nos dejaron sus leyes y costumbres, el abecedario y su idioma, el **latín.** El latín se convirtió siglos después en castellano, gallego, catalán o valenciano.

Los romanos también construyeron **ciudades** con edificios que aún hoy podemos visitar, como teatros y templos.

3 ¿Cuándo surgió la escritura? ¿Quién inventó nuestro abecedario? ¿Para qué lo usamos hoy día?

4 ¿En qué se parece tu localidad a una antigua ciudad romana?

- La **Historia** empezó con la invención de la **escritura**. La **Edad Antigua** es la primera etapa de la Historia.
- Una **civilización** está formada por personas con una **cultura común**. Los **romanos** nos dejaron muchas huellas de su cultura, entre otras, el idioma.

Aplicamos

5 **Crea** un abecedario con jeroglíficos. Trabaja en pareja. ¡Será vuestra lengua secreta!

6 **Investiga.** ¿Para qué sirve un acueducto como el de Segovia? ¿Hay más en España? Puedes traer fotografías a clase.

7 **Relaciona** el castellano y el latín. Para ello, traduce esta expresión. ¿Es difícil? ¿Por qué?

Hispania,	terra	nostra
España	◆◆◆	◆◆◆

Nos activamos

1 **¿QUÉ SABES?** La **Edad Media** comenzó cuando cayó el Imperio romano. ¿Qué sabes de aquella época?

- ¿Quiénes eran los caballeros? ¿A qué se dedicaban?
- Mientras los caballeros batallaban, las damas guardaban sus hogares y aprendían lenguas y música. ¿Te habría gustado más esa vida o la de los caballeros? ¿Por qué?
- ¿Quién trabajaba para producir comida en la Edad Media?

Comprendemos

En la Edad Media, el territorio español estaba dividido en una zona cristiana y otra musulmana. En las dos había castillos, y vivían guerreros, campesinos y artesanos. ¿Cómo vivían?

¿Cómo vivían los cristianos?

En los reinos cristianos, la mayoría de la población vivía en **aldeas**, cultivaba la tierra y criaba animales. Los caballeros de los **castillos** y los monjes de los **monasterios** eran los dueños de casi todas las tierras. Algunas personas vivían en **ciudades**.

En esa época solo los monjes, las damas y algunos nobles sabían leer. Los monjes escribían e ilustraban los libros a mano.

2 **¿Cómo y dónde vivían los personajes que ves en la zona cristiana? ¿Cómo vestían? ¿Quiénes sabían leer y escribir?**

¿Cómo vivían los musulmanes?

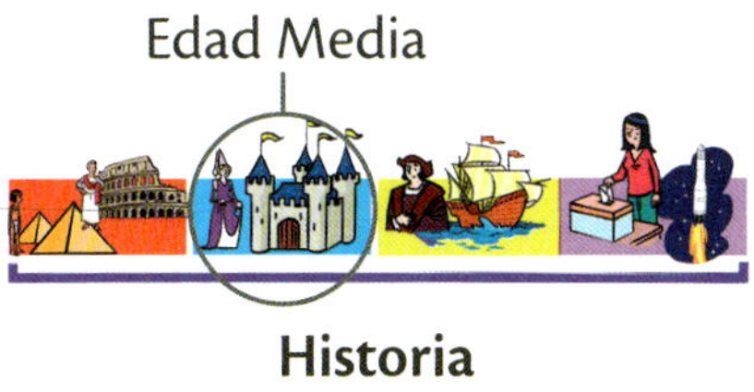

En los reinos musulmanes también había muchos campesinos que trabajaban los campos y personas dedicadas al ejército.

En estos reinos, las **ciudades** eran muy importantes. En ellas había un castillo llamado **alcázar**, donde vivía el gobernante. La ciudad tenía mercados y baños públicos. En las ciudades trabajaban comerciantes, médicos, científicos y artesanos.

3 ¿Cómo se llama el castillo de las ciudades árabes?

- En los **reinos cristianos** la mayor parte de las personas vivían en aldeas, castillos y monasterios en el campo.
- En los **reinos musulmanes** también se vivía del campo, y las ciudades eran muy importantes.

Aplicamos

4 **Relaciona y expresa.** En la Edad Media, los musulmanes enseñaron el ajedrez a los cristianos.

- ¿En qué se parecen las piezas del ajedrez y las costumbres de la Edad Media?
- ¿Sabes jugar? Explica las reglas a tus compañeros.

5 **Compara** las dos zonas de la España medieval. ¿Qué edificios y espacios tienen funciones parecidas en la zona cristiana y la musulmana? Anótalos.

Nos activamos

1 **Recuerda e imagina.** ¿Es posible dar la vuelta al planeta en barco? ¿Por qué? ¿Cómo sería el viaje?

Comprendemos

En la Edad Media, las personas desconocían que la Tierra se podía rodear. La primera vuelta al mundo se dio en la Edad Moderna.

La Edad Moderna

En la **Edad Moderna** hubo grandes navegantes que viajaron por el planeta y descubrieron tierras. Por ejemplo, Cristóbal Colón llegó a **América**, desconocida para los europeos, y Juan Sebastián Elcano, completó la **primera vuelta a la Tierra**.

De América llegaron nuevos productos y tesoros a las ciudades europeas, que crecieron y se enriquecieron mucho. En ellas se desarrolló la **cultura** y algunos de sus habitantes realizaron grandes **avances científicos y culturales**, como la imprenta.

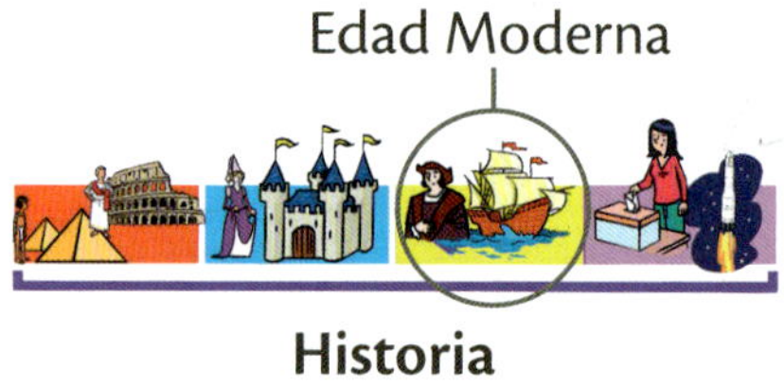

2 Fíjate en el dibujo. ¿Por dónde podían pasear los habitantes de una ciudad de la Edad Moderna? ¿En qué edificio crees que vivían los gobernantes? ¿Qué inventos o avances no existían en la Edad Media?

TRABAJAMOS LA COMPRENSIÓN LECTORA

Érase una vez un navegante,
que, para resultar triunfante,
probó a rodear la Tierra.

Pidió ayuda a unos reyes
para oro, para barcos, para bueyes,
y para algunas armas de guerra.

Con sus barcos cruzó océanos y mares,
hasta hallar nuevos lugares.
¡Qué sitios tan fascinantes!

Vivían allí culturas distintas,
los mayas, los aztecas y los incas,
en ciudades impresionantes.

Aquellas personas comían maíz, piñas y tomates,
chocolate, patatas, alubias y aguacates.
En Europa no había esos alimentos .
¡Qué descubrimiento!

a

b

c

3 **FÍJATE EN LA ESTRUCTURA.** ¿Con qué parte de la poesía se relaciona cada dibujo?

4 **BUSCA INFORMACIÓN.** Copia las respuestas correctas.

- ¿Qué alimentos halló Colón en América?

chocolate | naranja | tomate | trigo | alubias | café

- ¿Qué encontraron los europeos allí?

alimentos | culturas | transportes | ciudades

▶ En la Edad Moderna los europeos llegaron a **América** y las **ciudades** crecieron.

Aplicamos

Los mayas construyeron pirámides escalonadas en Centroamérica.

G I 6 **LOCALIZA Y VALORA.** Busca América y Europa en un planisferio. ¿En qué dirección viajó Colón, de este a oeste, o de oeste a este?

7 smMasSavia.com | ¿Mayas, aztecas o incas?

7 La Edad Contemporánea

Nos activamos

Colón no pudo viajar a América en avión, ni comunicarse con su familia al llegar. ¡Estuvo meses sin poder hablar con ellos!

1 **¿QUÉ PASARÍA SI...** desapareciesen los teléfonos, los ordenadores o los aviones? ¿Cómo vivirías sin esos inventos?

Comprendemos

Muchos inventos que utilizamos a diario son de nuestra época y Colón no los conoció. Vivimos en la **Edad Contemporánea**.

Así empezó la Edad Contemporánea

A principios de nuestra época hubo grandes avances:

- **Industriales.** Se inventaron transportes y medios de comunicación, como el tren y el teléfono. También surgieron las fábricas.
- **Sociales y políticos.** Las ciudades crecieron, pero muchos habitantes vivían en malas condiciones. Las mujeres y los trabajadores lucharon para conseguir la igualdad y el voto.

2 ¿En qué edad de la Historia vives? ¿Cómo comenzó?

3 Esta es una ciudad a principios de la Edad Contemporánea. Compara las dos márgenes del río. ¿Cuál está más limpia y cuidada? ¿Cómo viven las personas de cada orilla?

Nuestro mundo está conectado

Hoy día las personas, empresas y gobiernos del mundo están conectados entre sí. Nosotros también:

- **Conocemos otras culturas** gracias a los **medios de comunicación**. Por eso sabemos que en América juegan al béisbol, lo que comen en China y qué idioma hablan en Australia.
- **Viajamos** en medios de transporte veloces, y cada vez hay más personas que han estado en otros países y continentes.

La mayoría de las personas tenemos más libertad y derechos que antes, pero aún hay muchas desigualdades en el mundo.

Las grandes ciudades se parecen mucho: tienen rascacielos, coches, semáforos, transportes públicos y centros comerciales. Sus **habitantes** también poseen costumbres parecidas.

4 ¿Qué medios de transporte ves en la imagen? ¿Cuáles usas?

> La **Edad Contemporánea** es una era de avances tecnológicos y de derechos. Nuestro mundo está **conectado**.

Aplicamos

5 **INTERPRETA EL GRÁFICO.** El gráfico muestra la evolución de los transportes en la Edad Contemporánea. ¿Cuánto se tardaba en viajar de Sevilla a Madrid en los comienzos? ¿Y hoy? ¿Es mejor tardar menos?

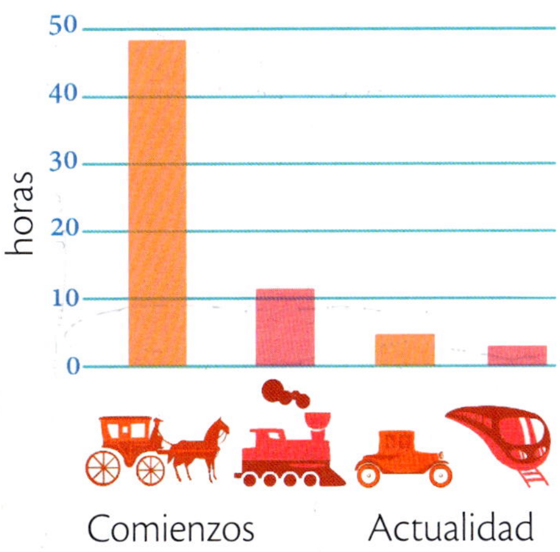

6 **PREGÚNTATE Y VALORA.** Las personas de principios de la Edad Contemporánea pidieron igualdad de derechos. ¿Crees que hoy todos tenemos los mismos derechos?

7 **ELABORA UNA ENTREVISTA** a varios adultos. ¿Qué diferencias hay entre la tecnología y el ocio de su infancia y de la tuya? Usa las preguntas de la lista y añade otras.

- ¿Cómo eran los teléfonos cuando eran niños? ¿Tenían ordenadores?
- ¿Viajaban mucho? ¿Qué medios de transporte usaban?
- ¿Qué hacían los fines de semana?

8 **COMPRUEBA** si vives en un mundo conectado. Responde a las cuestiones y escribe tu conclusión.

a. ¿Ves series de otros países? ¿Se parecen tu ropa o hábitos a los de los personajes?

b. Mira las etiquetas de tu ropa y averigua dónde se ha fabricado. Sitúa ese lugar en un planisferio. ¿Está cerca de España?

COMPROBAMOS LO APRENDIDO

1 COPIA Y COMPLETA el esquema en tu cuaderno.

ASÍ ES NUESTRA HISTORIA EN LA...

	Edad Antigua	Edad	Edad	Edad Contemporánea
Los humanos eran	Había grandes civilizaciones	Existían dos culturas	Se produjeron grandes	Han mejorado los
nómadas y después	egipcios, griegos y		inventos y descubrimientos	

2 RELACIONA. ¿En qué parte del esquema situarías los personajes? Explica por qué.

a

c

b

d

3 COMPLETA la tabla en tu cuaderno.

Etapa	Avances
Prehistoria	
Edad Antigua	
Edad	
Edad Moderna	
Edad	

4 SELECCIONA LA RESPUESTA. ¿Cuál de estas actividades podían realizar los romanos?

A. Comer tomate **B.** Imprimir **C.** Ir al teatro

5 BUSCA Y DEFINE. Encuentra en la sopa de letras las palabras que se definen. Anota el término con su definición en tu cuaderno:

a. El que no es nómada.

b. Invento con el que empezó la Historia.

c. Civilización antigua que hablaba latín.

d. Hogar del rey medieval.

e. Invento para fabricar libros.

E	S	C	R	I	T	U	R	A	U
S	E	D	E	N	T	A	R	I	O
R	W	P	I	T	G	N	G	M	C
E	Q	D	B	D	Y	R	W	P	R
A	T	J	B	R	K	F	O	R	O
C	A	S	T	I	L	L	O	E	M
C	H	R	E	R	Q	Z	X	N	A
C	Z	K	D	R	Z	O	L	T	N
J	D	T	I	W	J	P	Q	A	O
K	K	G	X	Ñ	G	W	X	W	S

6 ELIGE una edad de la Historia y describe cómo vivían los hombres y las mujeres.

7 **INDICA** a qué edad de la Historia pertenece este paisaje y nombra tres edificios:

8 **COMPLETA** una ficha sobre cada barco en tu cuaderno con la información de la caja. ¿Con cuál viajó Colón?

Edad Moderna / Edad Contemporánea
2 meses / 1 semana
crucero trasatlántico / carabela

– Nombre: ◆◆◆
– Época: ◆◆◆
– Tiempo de viaje a América: ◆◆◆

9 **CREA.** ¿Qué celebran las fiestas de tu localidad o provincia? ¿A qué edad histórica se refieren? ¿Cómo vestís? Dibuja una escena.

10 **OBSERVA Y DEDUCE.**

a. ¿De qué época es esta ciudad?

b. ¿Qué elementos lo señalan?

11 **COPIA Y RELACIONA** las columnas.

Colón llegó a América •	• Edad Antigua
Los romanos trajeron el latín •	• Edad Media
Los monjes copiaban libros a mano •	• Edad Moderna

Mi diario

1 Responde.

- De lo que hemos aprendido, yo ya sabía...
- Y además he aprendido...

2 La etapa de la Historia que más me ha sorprendido es la Edad... porque...

3 ¿He ayudado a algún compañero a hacer alguna actividad? ¿Qué he hecho para ayudarle?

smMasSavia.com | Autoevaluación.

MEJORA TU COLEGIO

Los museos nos enseñan Historia y Ciencia, y tenemos que respetarlos. ¿Cómo debemos comportarnos durante una visita? ¿Cómo debemos tratar los objetos del pasado?

Para aprender a cuidar el patrimonio vamos a montar nuestro propio museo en el colegio.

¿Cómo es un museo?

PASO 1 **PREPARAMOS EL TERRENO.** Investiga sobre un yacimiento, o sobre un museo arqueológico o de Historia. ¿Qué objetos expone? ¿De qué épocas?

Anota los datos.

PASO 2 **ORGANIZAMOS EL TRABAJO.** Dividid la clase en cinco equipos, uno por cada edad de la Historia. Entre todos montaréis un Museo del Paso del Tiempo. En él incluiréis los trabajos que habéis realizado en las páginas 94, 102 y 107.

Antes de seguir, comparte con tu equipo lo que sabes sobre el museo o yacimiento que has estudiado.

¿Cómo se organiza un museo?

PASO 3 **PREPARAMOS LA INFORMACIÓN.**

1. Con tu equipo, crea carteles sobre la edad de la Historia que os ha tocado. Incluye información importante sobre la época.
2. Diseña un folleto con los siguientes datos: nombre del museo, objetos que se exponen y por qué es importante visitarlo.

PASO 4 **CUIDAMOS NUESTRO MUSEO.** Escribe 2 normas que ayuden a tener un comportamiento adecuado en un museo. Ponlas en común con tu equipo de trabajo y decidid cuáles son las 4 más importantes.

Prepara listas para los visitantes con esas normas.

TAREA FINAL

Una clase para la Historia

PASO 5 **MONTAMOS EL MUSEO.** Junto a tus compañeros, coloca la exposición en el orden de las edades de la Historia. Completad el aula con carteles y objetos de cada edad. ¿Dónde va el objeto que te entregó tu compañero en el taller de la página 102? ¿Y el que hiciste en la página 107? ¿Y tu árbol genealógico?

PASO 6 **ABRIMOS EL MUSEO DEL PASO DEL TIEMPO.** Invita a los otros equipos de la clase y a alumnos de otros cursos a visitar el museo. No olvides colocarte en tu puesto de trabajo. ¿Vendes entradas? ¿Informas? ¿Vigilas que no se estropee la exposición?

¡Ya estáis listos! ¡Adelante!

Mi diario

1. ¿Qué he aprendido al hacer esta tarea?
2. ¿Qué se me ha dado mejor hacer?
3. Cuento una cosa que ha sucedido en el equipo y que me ha hecho sentir bien.

¿QUÉ SABÍA, QUÉ SÉ?

Con todo lo que has aprendido sobre la Historia, vamos a trabajar sobre esta línea de tiempo.

PREHISTORIA

- **PALEOLÍTICO.** Los primeros homínidos eran cazadores y recolectores **nómadas**.
- **NEOLÍTICO.** Las personas aprendieron a vivir de la **agricultura** y el **ganado** de forma sedentaria.
- **EDAD DE LOS METALES.** Se desarrollaron las sociedades y el **comercio**.

2 millones - 3000 a. C.

HISTORIA

EDAD ANTIGUA

- Empezó con la invención de la **escritura**.
- Aparecieron las primeras grandes ciudades.
- Hubo varias **civilizaciones**: egipcios, griegos, romanos.
- Los **romanos** construyeron ciudades y monumentos.
- El latín llegó a Hispania.

3000 a. C. - 475 d. C.

EDAD MEDIA

- En los **reinos cristianos** la población vivía en aldeas, castillos y monasterios. También había ciudades.
- En los **reinos musulmanes** se construyeron ciudades y hubo un gran desarrollo cultural.

475 - 1492

Edad Moderna

- Hubo grandes **descubrimientos**. Los europeos conocieron los continentes de América y Australia.
- Hubo grandes avances en la **ciencia** y el **conocimiento**.
- Se construyeron **palacios** y grandes **puertos**.

1492 - 1789

Edad Contemporánea

- Comenzó la construcción de las **fábricas**.
- Aparecieron nuevos **transportes** y **medios de comunicación**.
- Las personas consiguieron **nuevos derechos**, como el voto y la igualdad.
- Es **nuestra época**.

1789 - hoy

Las huellas del tiempo

1. En parejas, elige la opción correcta:

   La agricultura surgió hace...

   A. más de 10 000 años.

   B. más de 10 milenios.

   C. Ambas son correctas.

2. ¿Cuántos siglos duró la Edad Media? ¿Cómo lo habéis calculado?

3. Piensa en los romanos.
   - ¿En qué edad de la Historia vivieron?
   - ¿Qué tipo de números usaban? ¿Para qué se usan actualmente?
   - ¿Conocían el continente americano? ¿Por qué?
   - ¿Qué monumentos nos dejaron? ¿Qué idioma?

4. Reconoce la historia en tu vida.
   - ¿En qué edad de la Historia vivimos ahora? ¿En cuál nacieron nuestros abuelos y abuelas?
   - ¿Qué invento del pasado te parece más necesario para tu vida?
   - ¿Qué es lo más importante que has aprendido en la unidad? ¿Por qué te parece importante?

ISMAEL TE CUENTA

La vida más corta del planeta

Las efímeras son unos de los insectos más antiguos del planeta, pero solo viven… ¡un día! ¡Su pasado, su presente y su futuro son tan cortos que casi se juntan!

¿Con qué medirías la vida de una efímera, con un reloj o un calendario?

¡Qué inventos!

El avión es un medio de transporte actual, como los coches o los trenes. Pero, hace 500 años, un genio pensó que en el futuro se podría volar. Fue Leonardo da Vinci, un gran artista e inventor.

Para nosotros el invento del avión pertenece al pasado. ¿Y para Leonardo?

¡No sabían leer!

En la Prehistoria no existían las letras y, durante varias edades de la Historia, muchos nos las entendían… Por eso las historias se contaban hablando y cantando, como en los campamentos.

¿Qué tipo de fuente histórica son las canciones?

¡Luces, acción!

La electricidad es un invento muy reciente. En una población actual hace que todo funcione: las luces, algunos transportes, la radio, el aspirador…

¡Piensa en cómo sería tu día sin electricidad!

Busca las diferencias entre las dos ilustraciones y comprende cómo se vivía en el pasado.

¿Cuántos años has pasado durmiendo?

Pasamos nada más y nada menos que 23 años de nuestra vida durmiendo, y casi dos años riendo o acatarrados... ¡A los 9 años habrás pasado ya 3 años en la cama!

¿Con qué medirías la cantidad de años que duermes?

¡2909 escalones!

Igual que las pirámides antiguas, los castillos medievales o los palacios modernos, nuestra época tiene un edificio típico: el rascacielos. Pero los rascacielos dependen de un invento: el ascensor...

En 2014, uno de los edificios más altos del mundo, la torre Burj Dubai, se quedó sin ascensores. Los que vivían en el último piso estaban a 2909 escalones del suelo... ¿Y si al llegar a casa se te ha olvidado comprar el pan?

¿Qué edificios de tu población son más nuevos?

Dibujos con historia

Los dibujos animados cuentan historias mágicas o con personajes imaginarios. Pero a veces muestran detalles nos ayudan a estudiar otras épocas, como las casas, los transportes, las costumbres y la ropa... ¡Observa estos ejemplos!

Los Croods

El príncipe de Egipto

El jorobado de Notre-Dame

¿A qué edad de la Historia corresponde cada ejemplo? ¿Puede un dibujo animado ser una fuente histórica?

El libro **Ciencias Sociales para 3 º de Primaria** forma parte del Proyecto Editorial de Educación Primaria de SM. En su realización ha participado el siguiente equipo:

Autoría
María Gómez Negrete, José Luis Pérez Bravo, Equipo editorial SM
Adela Fernández, Irene González, Jesús Grisaleña, M.ª Carmen Núñez, M.ª Mar Pérez (comprensión lectora)

Edición
Vanesa Blanco, Alicia Gallego, Ana María Hernández, Rafael Lidó, Genoveva López, Marta Pereda, Javier Rambaud

Asesoría en comprensión lectora
Pilar Pérez Esteve y Felipe Zayas

Corrección
David Busto, José Manuel González

Ilustración
Alberto Díaz / Pelorroto, Felipe López Salán; Molstudio (cubierta); Daniel Alonso Rivero, Arianeta, David Arumí, Avi, CARTESIA, Ona Caussa Rius, Marta Costa Virgili, Dani, Luján Fernández, Nicolás Fernández Prímola, Marta García Pérez, David Garrido García, GlezBros, Daniel Jiménez de la Fuente, Alya Mark, Alejandro Mesa, Anna Mongay Monteso, Artur la Perla, Stefanie Pfeil, Sara Rojo Pérez, Ricardo Salas Loizaga, Erica Salcedo Saiz, Jordi Villaverde Alomar, Estudio gráfico SM

Fotografía
Juan Baraja, Sergio Cuesta, Sonsoles Prada / ARCHIVO SM; 123RF; Ablestock; AGE FOTOSTOCK; ALBUM; DIGITAL VISION; Dozet, Raja Rc / Dreamstime; Nicolás Fernández Prímola; G. Gräefenhain / FOTOTECA 9x12; GETTY IMAGES; IBERIMAGE; INGIMAGE; iStock; MANOS UNIDAS; ORONOZ; PAISAJES ESPAÑOLES; K. Knudson, Bruce W. Heinemann / Photodisc; PHOTOLINK; PHOVOIR; Editorial Pilote; PRISMA; SCALA; SHUTTERSTOCK; THINKSTOCK; Batman, LA LEGO PELÍCULA; Batman TM and © DC Cómics / © 2016 The LEGO Group / Warner Animation Group; ARCHIVO SM

Edición gráfica
Sergio Cuesta

Diseño de cubierta e interiores
Estudio SM

Coordinación editorial de Humanidades
Belén Carneros

Coordinación transversal del proyecto
Nuria Corredera, Mara Mañas, Antonio de Pedro y Nuria Vallina

Dirección de Arte del proyecto
Mario Dequel

Dirección editorial
Aída Moya y Fina Arévalo

Todas las actividades contenidas en este libro han de ser realizadas en un cuaderno aparte, nunca en el propio libro.
Los espacios incluidos son meramente indicativos y su finalidad es puramente didáctica.

Uso del lenguaje inclusivo de género
En SM utilizamos el masculino genérico, según las directrices académicas establecidas, para evitar textos excesivamente artificiosos y difíciles de entender. Con el fin de agilizar la lectura, utilizamos nombres de género común, y recurrimos a la duplicidad masculino/femenino cuando pueda producirse ambigüedad en el mensaje. En cualquier caso, equilibramos el uso de ambos géneros y evitamos estereotipos.
Así mismo, siguiendo la orientación de Ana López-Navajas, experta en igualdad de género, en Más Savia damos visibilidad a las mujeres desde diferentes perspectivas: ofrecemos una imagen ajustada y equitativa de todas las áreas del saber para construir un recorrido histórico sin sesgo de género, ofreciendo modelos históricos y culturales femeninos para transmitir una cultura participada por ambos sexos; identificamos el papel, impulsor de progreso social, que han tenido las mujeres anónimas en la intrahistoria; y ofrecemos referentes profesionales y experiencias vitales que rompen con una visión limitada de las vocaciones, aficiones y sensibilidades al no asociarlas con un género concreto.

ISBN General: 978-84-9107-626-1
Depósito legal: M-7070-2018
Impreso en la UE / *Printed in EU*

Este libro está impreso en papel procedente de bosques gestionados de manera sostenible.